로크미디어가
유혹하는
재미있는 세상

ROK
MEDIA
로크미디어

이것이 답이다

이것이 법이다 23

2017년 6월 2일 초판 1쇄 인쇄
2017년 6월 8일 초판 1쇄 발행

지은이 자카예프
발행인 이종주

기획 팀 이기헌 송윤성 왕소현
책임 편집 최전경

발행처 (주)로크미디어
출판등록 2003년 3월 24일
주소 서울시 마포구 성암로 330 DMC첨단산업센터 3층 314호
Tel (02)3273-5135 **Fax** (02)3273-5134
홈페이지 rokmedia.com **E-mail** rokmedia@empas.com

ⓒ 자카예프, 2015

값 8,000원

ISBN 979-11-6130-244-7 (23권)
ISBN 979-11-255-9575-5 04810 (세트)

이것이 법이다

23

자카예프 장편소설

로크미디어

CONTENTS

마루타는 아직 끝나지 않았다

"으…… 덥다……."

노형진은 땀을 뻘뻘 흘리면서 걸어가고 있었다. 이제 막 여름으로 들어가기 시작하자 언제나처럼 끈적거리고 후덥지근한 날씨가 시작된 것이다.

"보양식이라도 먹으러 갈까?"

"전 이상하게 보양식은 안 당기던데요."

"나이 먹어 봐."

'벌써 먹어 봤습니다.'

체질적으로 안 맞는 건지 아니면 자신의 생각인지 모르겠지만 노형진은 이상하게 보양식이 몸에 안 맞았다. 한번 먹고 나면 더워서 잠을 못 잘 지경이었다.

'이건 역사가 바뀌어도 그대로네.'

이제는 건강 관리한다고 담배도 안 피우고 술도 안 먹는데도 불구하고 그런 걸 보니 체질적인 문제인 모양이었다.

"그러면 보약이라도 하나 먹든가."

"보약요?"

"그래."

"흠……."

생각해 보니 보약을 먹은 기억이 없어 노형진은 '먹어 볼까?' 하는 생각이 들었다.

'안 먹어 본 적은 없지만.'

어려서는 먹어 봤지만 그건 어디까지나 부모님이 가져다주신 걸 먹은 거고, 나이 먹고 결혼한 뒤에는 아내가 그에게 관심이 없어 먹을 기회가 없었다. 직접 챙겨 먹기에는 그 역시 관심이 없었고 말이다.

"한의원에 가서 지어 먹어 볼까요?"

"아무 곳에나 가려고?"

"안 되나요?"

"이봐, 의사도 변호사처럼 실력이 천차만별이야. 어줍지 않게 한의사라고 바가지만 씌우는 녀석 말고 제대로 된 곳에서 해야지."

"아는 곳 있어요?"

"잠시만. 내 수원에 아는 곳이 있지."

"수원? 헐……."

"아니, 수원이 먼 동네도 아니고."

노형진은 고개를 끄덕거리기는 했다.

'뭐, 잘한다면야.'

확실히 변호사도 마찬가지지만 의사도 실력이라는 게 있으니 말이다. 더군다나 송정한이 수원까지 가서 지어 올 정도면 상당히 잘하는 곳임이 틀림없었다.

"여기 있네. 한번 가서 진찰받아 봐."

"네."

노형진은 전화번호를 받고는 고개를 끄덕거렸다.

⚖️

"한약 잘못 드셨네요."

"네?"

노형진은 가서 앉자마자 하는 소리에 깜짝 놀랐다.

"무슨 말씀이신지?"

"어려서 부모님이 한약을 가져다주셨다면서요?"

"네."

"한약은 기본적으로 체질에 따라 처방하는 겁니다. 그렇게 환자를 직접 보지도 않고 정해진 대로 지어 주는 건 몸에 안 맞아요."

"그…… 그런가요?"

"그건 보약이 아니라 총명탕 같은 걸 겁니다. 보약을 사람도 안 부르고 체질도 없이 확인하는 사람이 어디 있어요?"

"하하하."

노형진은 머쓱하게 웃었다. 한의사는 노형진의 손목을 잡고 지그시 맥을 재기 시작했다.

"헐? 맥을 재시네요? 다른 곳은 안 그러지 않나요?"

"할아버지한테 배웠지요. 우리 집안은 다 한의사라서요."

"아아."

요즘은 한의사들이 한의대를 나와서 오픈한다. 그런데 그 한의대에 있는 동안 맥을 짚는 걸 배우기에는 무척이나 시간이 촉박하다.

"맥을 짚는 건 단순히 심장이 뛰는 걸 확인하려는 게 아닙니다. 그 흐름과 시간 차 그리고 강도를 통해 어디에 문제가 있는지 확인하려는 거지요."

"그런가요?"

"어디 보자…… 심장 쪽은 튼튼하신데 열이 너무 없네요."

"네에? 더워서 못 자는데요?"

"장기에 열이 도는 체질이 아니라서 그럽니다. 밖으로 열기가 다 돌아서 바깥에서는 더워서 난리인데 안쪽은 추워서 난리죠. 이런 체질은 보양식을 먹어도 그 열기가 바깥으로만 나가죠. 사람이 건강하려면 안쪽에도 열이 돌아야 합니다.

일단 처방해 드릴 테니까 드셔 보시고…….”

그렇게 한의사가 노형진에게 설명하는 그때였다. 갑자기 문이 벌컥 열리면서 아저씨 한 명이 들어왔다.

“이 사기꾼 새끼야!”

“사기꾼?”

“내 아들 내놔! 내 아들!”

술에 거나하게 취한 그는 다짜고짜 의사의 멱살을 잡아 올렸다.

“선생님!”

깜짝 놀란 사람들이 뛰어들어 와서는 그를 진정시키려고 했지만 그는 절망한 듯 울부짖으면서 외쳤다.

“내 아들……. 흑흑…… 내 아들 돌려줘…….”

‘이게 무슨 일이래냐?’

노형진은 멍하니 이번 사태를 이해하기 위해서 그들을 바라보았다. 그런데 그는 마치 익숙한 듯 남자의 등을 두들기면서 다독거렸다.

“무슨 술을 이렇게 드셨어요?”

“아들…… 내 아들…….”

“자, 자, 진정하시고……. 숙직실에서 좀 주무시고 가세요.”

간호사들이 횡설수설하는 그를 오랜 시간에 걸쳐 진정시켜 데리고 나가는 것을 본 노형진은 고개를 갸웃했다.

“누굽니까?”

보통 이런 상황은 의사가 처방을 잘못해서 환자가 죽었을 때 벌어지는 일이다. 하지만 노형진이 보기에는 그렇게 단순한 일이 아니었다.

　'보통 그런 경우라면 엄청나게 화를 내거나 쫓아내라고 해야 하는데?'

　그런데 의사는 마치 다 안다는 듯 이해하는 얼굴이었다.

　"아, 저분요? 전 환자의 아버지입니다. 제가 살리지 못한 환자죠."

　"살리지 못하다뇨?"

　"사람을 살리지 못하거나 살리는 것도 다 의사의 일 아닙니까."

　사람들은 한의사가 편하게 돈 버는 줄 안다. 하지만 실제로는 한의약이 천연 재료를 사용하는 탓에 처방전 하나만 잘못 써도 먹고 죽을 수 있는 천연 독들을 함유하고 있어, 진단할 때마다 조심스러울 수밖에 없었다.

　"설마……."

　"사고요? 아닙니다. 그러면 제가 여기서 이렇게 있지 못하죠. 애초에 제가 살릴 수 있는 상태가 아니었습니다. 저분은 이해는 하지만 아직까지 아들을 잊지 못해서 술을 마시면 가끔 저러시는 거예요."

　"살릴 수 없는 상태였다고요?"

　"네."

노형진은 고개를 갸웃했다. 도대체 무슨 소리인가 싶었다.

"변호사라고 하셨죠?"

"네? 아, 네."

노형진의 직업란을 보다가 잠깐 고민하던 그는 눈을 문지르면서 의자에 기대앉았다.

"저분 아드님은 저한테 왔을 때 이미 장기가 다 상한 상태였습니다. 대학 병원에서도 포기하고 저한테 매달리신 거죠. 그런데 아무리 저라고 해도 신은 못 되니까요."

결과적으로 아들은 죽음을 피하지 못했다.

"암이었나 보군요."

"하아."

의사는 고개를 흔들었다.

"그거라면 억울하지라도 않지요. 변호사라고 하니 솔직히 말씀드리죠. 가끔 그런 환자들이 보이는데 제가 어떻게 할 수가 없어서요."

"네?"

"제가 명성이 좀 있다 보니 매달리려고 오는 분들이 좀 있죠."

"무슨 말씀이신지?"

노형진은 고개를 갸웃했다. 보아하니 암이나 백혈병 같은 일반적인 질병에 대한 걱정이 아닌 듯했기 때문이다.

"무슨 문제라도 있습니까?"

"문제죠. 아직 대한민국은 마루타니까요."

"마루타라니요."

마루타. 일본어로 통나무를 뜻하는 말이다.

하지만 한국인에게는 생체 실험이라는 말로 더 쉽게 통용된다. 과거 일제시대 때 일본은 한국인을 납치하여 '731부대'라는 곳에서 산 채로 생체 실험을 했는데 그 당시 그 피해자들을 인격적으로 대하지 않기 위해서 마루타, 즉 통나무로 부르고는 했다.

"한국은 아직까지 주요 인체 실험국입니다. 대부분은 모르죠."

노형진은 등골이 오싹해져서 부르르 떨었다.

'이게 무슨 소리야?'

그 비참한 역사는 일제시대가 끝나고 없어진 줄 알았다. 그런데 주요 인체 실험국이라니?

"그런데 저는 할 수 있는 게 없어서요."

"무슨 말씀이신지 자세하게 듣고 싶군요."

노형진이 진지하게 자세를 잡자 그 한의사는 잠시 고민하다가 바깥으로 전화해서 잠시 손님을 들이지 말라고 이야기했다.

"기다리는 분들에게는 죄송하지만 일단은 이게 급해 보이니까요."

"아까 하던 얘기를 좀 듣고 싶은데요. 한국에서 아직도 인체 실험을 한다는 게 무슨 말인지요?"

"임상 실험이라고 아십니까?"

"듣기는 했습니다."

임상 실험이란 말 그대로 사람을 대상으로 새로 개발된 의약품을 실험하는 것이다. 의약품은 '짠' 하고 나오는 게 아니다. 뭔가 개발되면 일단 일반적인 실험을 하고 난 후 동물실험을 해서 안전성을 테스트한다. 그리고 임상 실험이라는 것을 해서 인간에 대한 안전성을 테스트함과 동시에 일반적인 복용량을 확정한다.

"임상 실험을 생체 실험이라고 하시는 건가요? 그건 좀 오버 아닙니까?"

의사는 얼굴이 참담해졌다.

"그러면 좋겠습니다만…… 대한민국에서 벌어지는 임상 실험이 얼마나 되는지 아십니까? 전 세계적으로 임상 실험을 가장 많이 하는 국가는요?"

"글쎄요. 인도나 중국 아닐까요?"

임상 실험을 하기 위해서는 몇 가지 조건이 필요하다. 일단 사람을 구하기 쉬워야 하고, 또 그 사람이 표본 수치 안에 들어갈 수 있는 건장한 사람이어야 한다. 그렇다 보니 아프리카 같은 극빈국은 무리이고 사람이 많은 인도나 중국이 전세계에서 가장 많을 것 같았다.

그러나 의사의 말은 의외였다.

"아니요. 한국입니다. 전 세계 의약품의 임상 실험의 약

70%를 한국에서 하고 있지요."

"약 70%요? 그게 말이 됩니까?"

그 정도면 거대 제약사들은 죄다 한국에서 한다는 소리다.

"네."

"아니, 왜요?"

"그들에게는 한국이 천국 같은 곳이니까요."

일단 공통적인 건강 상태를 기본으로 해야 하는데 인도나 중국 같은 곳은 가난한 사람이 지원한다. 문제는 그 가난한 사람들은 영양 상태가 적당한 경우가 없다는 것이다. 인도나 중국은 아직은 개발 중인 국가이기 때문이다.

"그에 비해서 한국은 영양 상태도 고른 편입니다. 실험을 하기 위한 병원도 많고요. 그리고 결정적으로 이 정부가 친기업적이라는 겁니다."

"친기업?"

"네, 다른 나라는 이런 임상 실험의 결과에 대해서 제법 혹독하게 책임을 묻는 편이죠."

인도나 중국에서는 임상 실험을 했다가 문제가 생기면 엄청난 배상을 해야 함은 물론, 그곳에서 하던 사업도 치명적일 정도로 타격을 입는다.

"하지만 한국은 아닙니다. 한국에서는 임상 실험 전에 동의서 한 장만 써 주면 어떤 법적 책임도 묻지 못하게 합니다."

"그게 말이 됩니까?"

이것이 법이다

"그게 문제죠."

아무리 동물실험을 했다고 해도 그게 인간에게 똑같이 적용될 리 없다. 당연히 문제가 생긴다.

더군다나 그 실험 목적 중에는 적당한 투여량을 확인하는 것도 있다. 그 말인즉슨 사람에게 극한까지 아직 안전성도 확인되지 않은 약을 투약한다는 소리다.

"아까 그분 아드님도 신장이 완전히 망가졌습니다. 아무리 저라고 해도 신장을 어떻게 할 수는 없더군요."

"끄응⋯⋯."

노형진은 생각지도 못한 말에 자신도 모르게 신음 소리를 냈다.

"그 피해자들 대부분이 학교 등록금이 다급한 청년들입니다."

일반적으로 임상 실험의 일당은 하루에 10만 원선의 고액 알바다 보니 청년들이 등록금을 벌기 위해서 멋모르고 한다는 것이다.

"그걸 경고를 안 해 줍니까?"

"몇몇 의사들이 해 주기는 하죠. 그런데 의사들이 해 줄 수 있는 부분에는 한계가 있어요."

"한계?"

"네."

이 임상 실험을 하기 위해서 엄청난 로비가 벌어진다는 것이다.

"일부 양심적인 의사들이 반대해도 파워에서 밀리죠."

"끄응……."

"얼마 전에 학회에 갔다 왔는데 정부 관계자가 말도 안 되는 헛소리를 하더군요."

"헛소리요?"

"네."

그는 우리나라가 전 세계에서 임상 실험이 가장 많이 하는 곳이며 이는 한국이 약학에 관해서는 선진국이라고 그럴싸하게 포장해서 설명했다는 것이다. 그러나 진실을 알고 있는 의사들에게 그 말은 말 그대로 헛소리에 지나지 않았다.

"약학의 선구자가 아니라 그냥 국민들을 마루타로 팔아먹는 겁니다."

"음……."

선진국이라고 하려면 그 실험을 하는 기업들이 한국 기업이어야 한다. 그러면 이해라도 하지, 우리나라에서 실험하는 기업의 95%는 외국계의 거대 제약 회사들이다. 즉, 대한민국이 선진국인 것과는 전혀 상관이 없다.

"그런 게 왜……?"

"그쪽에서 받는 돈이 얼마인지 아십니까?"

"대충 알 것 같네요."

단순히 임상 실험을 하기 위해서 알바비만 뿌리는 게 아니다. 정치권에 로비를 해야 하고 또 병원에도 일정 부분 돈을 줘야 한다. 끝도 없이 들어가는 것이 바로 돈이다.

"저는 그냥 한의사지만 이 꼴은 아니다 싶더군요."

'하긴.'

한의사들의 진료 방식은 오래된 역사를 가지고 있다. 그러니 어느 정도 안전성이 보장된다. 그에 반해 새로운 약은 안정적이지 않다. 당연히 뭔가를 하기 위해서는 아주 오랫동안 천천히 실험하든가 급박하게 실험하든가 둘 중 하나를 해야 한다.

'그리고 전자를 선택할 기업은 없지'

당장 약을 개발하고 언제 나올지 모르는 채로 기다리면 그 피해는 누가 봐준단 말인가?

"그러면 그런 피해자들이 많습니까?"

"많지요."

"흠……."

"제가 알기로는 새론에서는 이런 사회적 문제에 대한 변론도 해 준다고 하던데요."

"그건 그렇지요."

"한번 이야기를 좀 해 주셨으면 합니다."

노형진은 고개를 끄덕거렸다.

"그거 완전 마루타 아닙니까? 아니, 지금 같은 시대에 대명천지에 마루타라니, 말이 됩니까!"

"진정해, 무 변호사. 우리가 그런 걸 막으려고 변호사 노릇을 하는 거 아닌가."

"아니, 이게 진정할 일입니까? 우리 할아버님이 독립운동 가셔서 그 보복으로 우리 할머니가 그놈의 마루타인지 뭔지 당해서 돌아가셨습니다. 지금 21세기입니다. 그런데 마루타라니요!"

무태식은 듣자마자 발끈하면서 방방 뛰었다. 하긴 그의 집안에서 당한 사람이 있으니 더 화날 만도 했다.

"진정하게나. 자네가 그렇게 화내지 않아도 우리가 해결하려고 할 걸세."

그렇게 무태식을 진정시킨 송정한은 노형진에게 시선을 돌려 진실 여부를 확인했다.

"노 변호사, 그게 사실인가? 이건 큰 사건일세. 단순히 의사의 말만 듣고 판단할 게 아니야."

그런데 그 대신 대답한 것은 다른 사람이었다.

"그 부분은 제가 답변하는 게 더 빠를 것 같네요."

"고 팀장이?"

"제가 좀 확인해 봤습니다."

그는 엄청나게 두꺼운 서류철을 꺼내기 시작했다. 지금까지는 최대한 간단하고 핵심만 뽑아서 보고를 올리는 게 그의 방식이었는데 이번에는 아예 박스로 서류를 가지고 온 것이다.

이것이 법이다

"그게 뭔가?"

"우리나라의 임상 실험 관련 서류들입니다."

"서류들이라니?"

"딱히 비밀도 아니라서 구하는 게 쉬웠거든요."

"쉬웠다고 해도…… 이건……."

송정한은 얼굴이 창백해졌다.

엄청나게 두꺼운 서류철들. 그게 다 임상 실험이라는 소리였다.

"그나마 이건 일정 수준 이상의 피해가 발생한 것만 뽑은 겁니다."

"일정 수준이라니?"

"6개월 이상의 치료가 필요한 부작용 말입니다."

"그게 이 정도라고?"

"네, 전 세계 약 70%의 임상 실험이 한국에서 벌어진다는 게 농담이 아니더군요. 그나마 최대한 줄인 겁니다. 한 건당 열 장 정도입니다."

"뭐? 그럼?"

"대략 이백 건 이상 된다는 소리죠."

심각한 얼굴로 그 서류를 바라보던 송정한은 노형진을 바라보았다.

"자네는 어떻게 생각하나?"

"아무래도 그냥 있으면 안 될 일일 거라고 생각합니다. 이 안에 사망자도 있으니까요."

"사망자?"

"한 해에 임상 실험으로 인한 사망자가 스무 명 정도 나오더군요."

"그러면?"

"보통 그러면 2천만 원 안팎의 위로금을 지급하고 끝냅니다."

"끝?"

송정한은 기가 막혔다. 하지만 어쩔 수가 없었다.

"우리나라는 친기업 정책을 고수하니까요."

경제 발전이라는 미명하에 모든 것을 기업 위주로 판단한다. 이런 경우 다른 나라 같으면 자국민에 대해서 위험한 실험을 한 것으로 보고 엄청난 압력과 보복을 행하지만, 우리나라에서는 사전에 동의서에 사인을 했다는 것만으로도 엄청나게 감형되거나 아예 책임을 묻지 않는다.

"대부분이 말인가?"

"네."

"아니, 도대체 왜……?"

"일종의 비리가 있더군요."

"비리?"

"네."

"무슨 비리?"

"실험 결과는 주가에 큰 영향을 미치거든요."

송정한은 그게 무슨 소리인가 했다. 하지만 잠시 생각하고는 노형진이 왜 그런 소리를 하는지 알 것 같았다.

"그러니까 우리나라 의사 집단 중 일부가 주가 놀음을 한다는 건가?"

"아마도 일부 의료 관련 정치인들도 있겠지요. 일단 신약 테스트를 하려면 국가에서 허가를 받아야 하니까요."

신약 테스트인 임상 실험에 들어가면 조만간 그 약이 발매된다는 소리다. 그런데 그 약이 특출 날 경우 그 주식은 엄청나게 오를 수밖에 없다.

"기가 막히는군."

기본적으로 임상 실험은 비밀이다. 그렇지만 국가나 의사는 그에 대해서 알아야 한다. 그리고 그건 돈을 벌 수 있는 절호의 기회다.

"그걸 알고 있는 자들이 그냥 넘어갈 리 없군……."

"그렇겠지요."

송정한은 얼굴을 찌푸렸다.

"한 가지만 묻겠네. 이거 이길 수 있나?"

"아니요."

"벌써 검토해 본 모양이군."

"네."

노형진은 약간은 표정이 어두워졌다.

지금까지 그는 어떻게든 법적으로 가능한 방법을 찾아내

서 해결 방안을 만들어 내고는 했다. 하지만 이번에는 그게 불가능했다.

"기업에 대한 보호 조항이 몇 겹이나 됩니다. 설사 소송한다고 해도 그들은 재력을 가지고 있지요. 성화와는 비교도 못 할 만큼 말입니다."

"끄응……."

세계적 다국적기업. 그 규모는 노형진과 대룡의 적인 성화와는 비교도 못 할 만큼 강력하다. 괜히 다국적기업이라고 하는 게 아닌 것이다.

"설사 이긴다고 해도 그들은 2심이나 3심까지 질질 끌 겁니다."

"그렇겠지. 전 세계에서 이런 소송을 어디 한두 번 당해 보겠나?"

"그렇지요."

"힘들겠군."

분명 막아야 하는 일이다. 그런데 어떻게 할 방법이 없어 보였다.

"언론에 공표하면?"

"소용없을 겁니다. 그들이 몰랐을까요?"

"끄응……."

이 문제가 단순히 근래에 생긴 것은 아닐 것이다. 수많은 피해자들이 나타났을 테고, 가끔은 그들로부터 언론에 정보가 들어갔을 것이다.

"우리나라 언론의 한계죠."

"하아."

대한민국의 언론은 유독 탐사 보도에 약하다. 무슨 뜻이냐면 스스로 나서서 뭔가를 취재하는 게 아니라 뭔가 나타나면 그제야 매달려서 물어뜯으면서 뉴스를 만든다는 뜻이다.

"물론 이건 누군가 이슈화시키면 지금 언론에서 물어뜯어 줄 겁니다. 자극적이고 무척이나 물어뜯기 좋은 거니까요. 하지만 그들이 나서서 먼저 물어뜯는다? 그럴 리 없지요."

상대방은 다국적기업이다. 우리나라 언론은 절대로 강한 상대를 먼저 물어뜯지 않는다.

"그러면 어쩌지? 그냥 물러나나? 캠페인이라도 해야 하나?"

"고민을 좀 해 봐야 할 것 같습니다."

노형진은 심각한 얼굴로 한숨을 쉬었다.

'진짜 대책이 없네…….'

그는 난감한 표정으로 서류를 바라볼 뿐이었다.

⚖️

"역시 안 되겠어……. 이쪽으로도…….."

노형진은 법전을 덮으면서 고개를 흔들었다.

"쿠우울."

그러고 나서야 눈앞에서 다른 사람이 코를 골고 있다는 사실을 알고는 피식 웃었다.

"피곤했나 보네."

무태식은 임신한 아내를 놔두고 철야에 돌입하면서까지 일에 매달리고 있었다. 아무래도 그 희생자 가족이라는 점에서 느낌이 다른 모양이었다.

"그나저나 진짜 대책이 없네."

물론 소송에 들어가면 이길 자신은 있다. 하지만 그 한 건만이다.

'이대로는 안 되는데.'

저들에게 한 건만 이겨서는 안 된다. 그럼 그들은 당연히 한국에서 계속 실험할 것이다.

'사실 실험이 문제가 아닌데……'

인류의 발전을 위해서 그리고 신물질로 질병을 정복하기 위해서 임상 실험은 피할 수 없는 부분이기는 하다. 하나 노형진이 화가 나는 것은 대한민국은 동의서 하나만 써 주면 그 모든 책임을 면제해 준다는 점이다. 원래는 엄청난 안전 절차와 비상시 대응, 치료에 관련된 모든 것을 준비해야 하지만 대한민국은 그럴 필요가 없다.

'미래에 벌어질 가습기 살균제 사건도 그렇지. 이번에 그 버릇을 못 고치면 또다시 똑같은 일이 벌어질 거야.'

다른 나라는 문제가 생기면 그 기업에 엄청난 불이익을 준다. 그래서 안전이 확실하지 않은 물건은 팔지 않는다.

하지만 대한민국은 그게 아니다. 그냥 순간만 넘어가면 된다. 살균제를 만든 회사는 애초부터 그게 위험하다는 걸 알고 있었다. 그럼에도 불구하고 팔았다. 그것도 단 한 곳, 대한민국에서만. 만일 다른 나라에서 팔면 문제가 된다는 걸 알았던 것이다.

'제일 좋은 건 징벌적 배상 제도인데…….'

애석하게도 그건 절대 통과될 수 없는 법이다. 대한민국 기업들이 그걸 막기 위해서 엄청난 로비를 한다는 것은 익히 알려진 사실이니까.

'망할 놈들.'

그 덕분에 대한민국은 전 세계에서도 유명한 호구 국가였다.

"추릅."

그 순간 정신이 번쩍 든 무태식은 본능적으로 고개를 들었다.

"어…… 노 변호사님. 아…… 죄송합니다. 살짝 잠들었나 보네요."

"하하하, 살짝은 아닌 것 같은데요."

무태식은 멋쩍은 듯 머리를 긁적거렸다.

"그런데 뭐 좀 나왔습니까?"

"전혀요. 아무리 법전을 뒤져도 이런 걸 막을 수는 없겠어요."

노형진이 고개를 흔들자 무태식은 입맛을 쩝쩝 다셨다.

"역시 철저하네요."

"그러게 말입니다. 어떻게 한 번은 이길 수 있을 것 같은데……."

"그건 소용없다면서요?"

"그렇지요. 한번 이기고 나면 분명 저 녀석들이 로비를 해서 그걸 틀어막을 테니까요."

노형진은 심각한 얼굴로 다시 법전을 바라보았다.

자신의 모든 것을 걸었던 길.

자신이 미래를 이끌려고 만들었던 길.

'내가 잘못 선택한 건가?'

그런데 이번에는 아무리 머리를 써도 법적으로는 길이 없어 보였다.

"그냥 확 때려 부술 수도 없고."

"하아, 전이라면 말리겠는데 이번에는 진짜 동감입니다."

지금도 저들은 대한민국 국민들을 대상으로 임상 실험을 하고 있을 것이다.

"일단 경험자에게 한번 찾아가서 물어보는 건 어떨까요?"

"경험자?"

"인터넷에서 찾아보니까 이런 소송을 하신 분이 있던데요?"

"있다고요?"

의외의 소식에 노형진은 살짝 놀랐다. 대부분 이런 소송은 피하기 때문이다.

"네, 유명한 분은 아닌데."

"유명할 수가 없죠."

유명한 사람이 이런 소송을 할 리 없다.

"한번 찾아가서 도움을 청하죠."

"그럴까요?"

경험이 있는 것이 상당한 도움이 될 거라는 생각에 노형진은 고개를 끄덕거렸다.

"반갑습니다. 노형진입니다."

"반갑네. 구찬우라고 하네. 자네 소문은 많이 들었지."

구찬우는 이제 반백이 되어 가는 노인네 변호사였다. 사람 좋은 그는 작은 사무실에서 혼자 일하고 있었다.

"사무실이 좋군요."

"좀 작지?"

"아니요. 정감 있고 좋습니다."

"이제는 큰 욕심 안 부리고 그냥 동네 사건이나 소일거리로 하면서 뒤로 물러난 변호사인데, 뭘."

"하하하."

그는 제법 나이가 많은 변호사였다. 그래서 더 이상 힘든 싸움은 피하고자 아예 뒤로 물러난 것이다.

'그러니까 그런 소송도 할 수 있는 거겠지.'

만일 욕심이 있는 사람이었다면 그런 사건은 결코 하지 못했을 것이다.

"전화로 이야기는 들었네. 임상 실험 가지고 소송하고 싶다고?"

"네."

"그 사건, 진 거네만?"

"그래도 경험이 중요한 거니까요."

"음……."

그는 잠시 고민하다가 차에다가 녹차 두 잔을 가지고 와서 노형진과 무태식에게 건넸다.

"뭐가 궁금한 건가?"

"모든 것요."

"모든 것이라……. 뭐, 법적인 건 충분히 찾아봤을 테니 알 테고."

"네, 외람되지만 판결문도 찾아봤습니다."

"뭐, 보라고 있는 거니까."

"하지만 거기서 그곳에 있던 일을 알 수는 없죠. 무슨 일이 있었습니까?"

"일이야 있었지. 그 사건을 시작한 것도 그렇고……."

원래 그는 뒤로 물러나서 조용히 살고 있는 사람이었다. 그런데 지인 중 한 명의 아들이 그런 실험에 걸려서 폐인이 되어 버리자 소송을 진행했다.

"난 말일세, 솔직히 그걸 막지는 못해도 그 사건은 이길 수 있을 거라 생각했네."

"그래요?"

"그래."

그도 노형진과는 좀 달랐다. 노형진이 아예 그들의 행동에 족쇄를 채우려고 한다면, 그는 지인을 위해서 그 재판을 이기는 것으로 끝이었다. 당연히 그가 선택할 수 있는 카드도 많았다.

"그래서 현장에 갔는데…….."

"그런데요?"

"상대방 변호사가 대법원장 출신이더군."

"네에?"

노형진은 입을 쩍 벌렸다. 대법원장 출신이라는 것은 저쪽에서 절대로 지지 않겠다는 뜻이기 때문이다.

"고작 1심 판사로 대법원장 출신을 만났는데 판사가 어떻게 할 것 같나? 깍듯이 고개를 숙였지. 그제야 알았지, 이건 못 이긴다는 것을."

"흠……."

"자네도 알지?"

"네."

대한민국 법에 현실을 통렬하게 비꼰 말이 하나 있다, 전관이면 살인도 면한다는.

전관이란 전관예우의 약자로, 기존에 판검사를 하던 사람이 나오면 그만큼 우대해 주는 것을 뜻한다. 문제는 그 정도가 심각하다는 것.

'실제로도 그렇고.'

하물며 새론에 있는 대검찰청 중앙수사본부 부장 출신인 김성식만 해도 재판하러 가면 전관을 받는다. 단순히 사건의 해결에 도움을 받는 정도가 아니라 아예 사건 자체가 뒤집게 되는 것이다.

'현실이 그런데 대법원장 전관이면…….'

진짜로 사람을 때려죽여도 풀려날 수 있는 수준이다.

"그 정도면 엄청나게 비싼 거 아닙니까?"

"비싸겠지."

무태식은 질려 버렸다는 얼굴이 되었다. 그도 변호사로서 그들의 파워를 알기 때문이다.

"일반적으로 대법원장이 전화 한번 넣어 주는 게 3천만 원이니까요."

전관은 단순히 그 사건만 담당하는 게 아니다. 그 사람이 전화 한번 해서 부탁하는 것만으로도 엄청난 위력을 자랑한다.

'그리고 그 비용은 최하 3천만 원.'

"대법원장 출신 전관이 들어왔고, 다른 한 명은 대법관 출신에 마지막 한 명은 검찰총장 출신이더군."

"그 정도면 못해도 4억은 줬을 텐데요? 그 당시 청구 금액이 2억 아니었습니까?"

"그랬지."

"네? 그런데 왜?"

무태식은 그 말을 듣고는 어이가 없었다. 청구 금액이 2억이다. 그런데 변호사를 사기 위해서 4억을 썼다는 것은 이해할 수가 없었던 것이다.

하지만 노형진은 대번에 이해가 갔다.

"판례를 막기 위해서군요."

"그렇지."

대한민국은 기본적으로 성문법 국가다. 즉, 종이에 기록된 법을 기준으로 판단한다. 하지만 판례 자체를 무시하는 것은 아니다. 판례가 기준이 될 수는 없지만 법을 해석할 때 기 판례에 따라 해석하기 때문이다.

"한번 판례가 나오면 그걸 뒤집기 위해서는 더 많은 돈과 더 많은 노력 그리고 더 많은 시간이 필요하지요."

노형진의 말에 구찬우는 고개를 끄덕거렸다.

"맞네. 저들이 한번 이겼으니 실질적으로 그걸 뒤집기 위해서는 저들보다 최소한 다섯 배 이상의 돈을 써야 하지."

판례를 만들어 놨으니 저들은 다음 소송이 들어오면 그에 따라서 하면 된다.

"판례가 있으니 1심과 2심에서는 당연히 그걸 따라갈 테니 결국 그걸 뒤집기 위해서는 3심까지 가야 하지요 당연히 그걸 뒤집기 위해서는 대법관이 필요할 겁니다."

"기가 막히네. 아니, 무슨 법이 그따위예요?"

"그게 우리나라 법입니다."

저들이 이번에 대법관을 고용하기 위해서 쓴 돈이 4억이라고 하면 자신들 역시 그걸 뒤집기 위해서는 대법관급을 고용해야 한다. 그렇다며 못해도 4억, 아니 판례를 뒤집어야 하니 그 이상을 줘야 한다는 소리다.

"그리고 그렇게 받아 낼 수 있는 돈은 기껏해야 한 2억이나 될까요?"

"결국 재력에서 이길 수가 없더군."

그들이 소송하는 이유는 치료비라도 건지기 위해서다. 그런데 상대방이 엄청난 돈으로 찍어 누르니 도무지 방법이 없었다.

"이런……."

무태식은 당황했다. 그냥 당장 사건이 이기는 것만 생각했지. 그 뒤에 숨어 있는 이런 이면까지는 생각하지 못했던 것이다.

"아무래도 현실이라는 게 그렇지요. 큰 변호사가 되려면 자신의 재판이 어떤 영향을 줄지 생각할 줄 알아야 합니다. 그리고 더 커지면 아예 영향을 주기 위해서 재판을 할 수 있게 되죠."

"그냥 재판해서 이기면 땡 아닌가요?"

"그러면 얼마나 좋겠습니까마는······."

노형진은 참참한 마음을 감추지 못했다.

"이런 사건은 그럴 수가 없습니다. 재판을 뒤집으려면······
강력한······."

노형진은 말하다가 멈칫했다.

"왜 그러십니까?"

"아니요. 갑자기 뭔가 생각나서요."

"생각?"

"네."

법적으로 이기기는 힘들다. 하지만 다른 것을 뒤집을 수
있다는 생각이 문득 든 것이다.

'그러고 보니······ 내가 왜 그 생각을 못 했지?'

자신은 변호사다. 하지만 그와 동시에 승리를 위해서 싸우
는 사람이기도 하다.

"법으로 막을 수 없다면 마음으로 막으면 된다는 걸 잊어
버리고 있었네요."

"마음으로요?"

"네, 후후후."

노형진의 말에 무태식은 고개를 갸웃할 수밖에 없었다.

마음이 움직이는 법

"법이 안 되면 마음으로 막는다. 난 도통 이해가 가지 않는데 말이야. 설명을 좀 해 주면 고맙겠는데."

송정한은 심각한 얼굴로 물었다.

"더군다나 이번에는 정확한 의뢰인도 없단 말일세. 차라리 의뢰인을 모아서 집단소송을 하는 게 어떤가?"

송정한은 그게 나을지도 모른다고 생각했다. 이 자료에 있는 사람들만 해도 그 숫자가 적지 않다. 당연히 그들을 모아서 소송하면 그만큼 유리해진다.

"반은 맞고 반은 틀립니다. 집단소송을 할 경우 우리가 유리해지겠지만, 만약 패할 경우 저들에게 저항할 수 없는 상황이 벌어집니다. 그리고 그걸 저들이 알 거고요."

"그건 그렇겠지."

"저들은 한 건에 대해서 대법관까지 써 가면서 판례를 만들었습니다. 그런데 만일 이런 집단소송이 들어오면 어떻게 하겠습니까?"

"그렇군."

아마 돈을 사방에 뿌리는 한이 있더라도 절대로 지려고 하지 않을 것이다.

"그리고 우리가 상대하는 건 기업이 아니라 기업'들'입니다."

"기업들이라……. 하긴 그렇기는 하군……. 저들은 다국적 제약 회사들이니까."

한국에서 임상 실험을 하는 기업은 한 곳이 아니다. 법적인 편리성과 높은 실험의 투명성 때문에 전 세계 약 70%의 실험이 한국에서 벌어진다. 그건 그 실험을 하는 기업이 한 곳이 아니라는 뜻이다.

"결과적으로 우리가 뭉쳐서 대항하게 된다면 그들도 뭉쳐서 저항할 겁니다."

"재력에서 밀리겠군."

"그렇지요."

자신들은 아무리 돈을 모아도 한계가 있다. 하지만 수십 군데의 제약 회사들이 뭉쳐서 돈을 모으면 100억 정도는 순식간에 모을 수 있다.

"대룡에 도움을 요청해 볼까?"

"대룡에서 도움을 요청해도 안 될 겁니다. 대룡도 바보가 아니니까요."

"끄응……."

대룡이 아무리 자신들과 친밀하다고 해도 결국은 기업이다.

"가뜩이나 대룡은 성화와 전쟁 중입니다. 섣불리 적을 만들 수 있는 상황이 아니죠."

만일 대룡이 도와줘서 싸운다고 하면 다른 곳들이 성화와 함께 대룡을 망하게 하려고 할 것이다. 어찌어찌 유리한 싸움을 하고 있고 대기업이라곤 하지만 다국적기업연합에 비하면 말 그대로 조족지혈이라고 할 만큼 작다.

"아무리 대룡이라 할지라도 그들을 이기는 것은 한계가 있죠."

"흠…… 그럼 이번에는 손해가 너무 큰데……."

"제가 내도록 하지요."

"자네가?"

송정한은 깜짝 놀랐다. 노형진이 맨 처음에 사건을 가지고 올 때만 하더라도 대룡에 말해서 평등재단 쪽에서 돈을 받을 거라 생각했던 것이다.

"애초에 이 사건에서 대룡은 뺄 생각이었습니다."

"음……."

"어차피 전 개인이니까 그들이 뭐라고 할 수도 없지요."

"하지만 자네에게 손해가 클 텐데."

"제가 얼마나 부자인지 아시지 않습니까?"

"하긴…….”

그는 몇몇 재벌가를 제외하고는 대한민국에서 최고의 부자라고 할 수 있다. 그런 그에게 10억 정도의 지출은 아무것도 아닌 것이다.

"그리고 전에도 말씀드렸다시피 제가 돈을 모으는 이유는 누구에게도 휘둘리지 않기 위해서입니다.”

"그것치고는 좀 많은 것 같기는 하네만…….”

송정한은 고개를 끄덕거렸다. 어차피 노형진이 말을 꺼냈다는 것은 그의 성격상 철회할 생각이 없다는 뜻이기 때문이다.

"좋네. 자네가 그렇게 말한다면 비용은 자네에게 청구하도록 하지. 그런데 자네가 말한, 그 마음으로 막는다는 게 무슨 뜻인가?”

"얼마 전에 서류를 검토하다가 본 것이 생각나더군요.”

"서류? 그건 나도 봤네만 도무지 방법이 없던데? 그런데 마음으로 움직인다니?”

"잠시만요.”

노형진은 서류철로 가서 한 가지 서류를 꺼내 왔다.

"이건?”

"일본 국적의 다국적기업인 그린 스타의 기록입니다. 그린 스타는 일본에 적을 둔 다국적 제약 회사로 한국에서 가장 적극적으로 임상 실험을 하는 곳 중 하나입니다.”

"그래?”

"네, 그래서 그들과 관련된 사건이 많지요."

노형진은 한 뭉텅이의 서류를 다시 꺼내 들었다.

"이게 다 그린 스타의 사건입니다. 이 기록대로라면 지난 10년간 사망자가 서른 명, 영구 장애가 여든 명, 6개월 이상 입원 환자가 이백스무 명이 넘습니다."

"헐……."

질려 버렸다는 얼굴이 되는 송정한이었다. 하지만 실험할 때는 단순히 열댓 명만 가지고 할 수 없다. 그래서 보통 적게는 수백 명, 많게는 수천 명의 사람으로 실험한다.

"그나마 이 정도는 양호한 겁니다. 그나마 이상 징후를 느껴서 중단한 사람들을 뺀 거니까요. 여기에 기록된 사람들은 대부분 그럴 틈도 없이 급작스럽게 나빠지거나 용량 테스트를 위해서 고의적으로 과도하게 투여된 이들입니다."

"그런데 이들이 왜? 단순히 일본 기업이라서?"

송정한은 고개를 갸웃했다. 물론 한국이 일본을 싫어하기는 한다. 하지만 단순히 일본 기업이라서 싫다는 것은 요즘 같은 시대에 말도 안 되는 일이다.

"아닙니다. 이 그린 스타의 역사가 문제죠."

"그게 왜?"

"731부대 아십니까?"

"그걸 모르겠나."

일제강점기 한국인들을 납치해서 잔인하게 생체 실험을

했던 부대, 731.

"그 부대가 제대로 처벌받지 않은 거 아십니까?"

"그랬나?"

"네, 그 당시 해당 부대장과 관계자들은 그 실험의 결과를 미국을 비롯한 승전국에 주는 조건을 대부분 사면받았습니다."

"그랬나? 기분 좋은 소식은 아니군."

학교에서는 이런 것을 알려 주지 않는다. 그저 그런 부대가 있었으며 나쁘다고 말할 뿐이다.

"그 덕분에 미국을 비롯한 수많은 제약 회사들이 엄청난 데이터를 얻었지요."

"그런데?"

"설마 그 사면받은 녀석들이 원본을 그대로 넘겨줬겠습니까?"

"응?"

송정한은 찝찝한 기분이 들었다. 그들은 당연히 사본을 넘겨줬을 것이다. 상식적으로 그 원본을 넘겨줄 녀석은 없다.

"설마……?"

"네, 그들은 한국인을 대상으로 실험해서 엄청나게 많은 의학 정보를 얻어 냈지요. 그리고 그걸 승전국에 넘김으로써 자신들의 안전을 보장받았습니다. 그리고 일본으로 돌아와서 자신들이 실험한 결과를 가지고 새로운 기업을 만듭니다."

"설마…… 그게……?"

"네, 그게 그린 스타죠."

송정한은 자신도 모르게 부르르 떨었다. 그게 뜻하는 것은 하나뿐이기 때문이다.

"그럼 여전히 그린 스타가 한국인을 대상으로 생체 실험을 한다는 소리가 아닌가?"

"그렇지요."

731부대의 주축이 만든 그린 스타. 그리고 그들은 수십 년이 지난 지금도 한국에서 여전히 한국인을 대상으로 똑같은 짓을 하고 있는 것이다.

"이런 나쁜!"

듣고 있던 무태식은 기가 막힌지 벌떡 일어났다.

"아니, 정부에서 그걸 몰랐답니까?"

"모를 리가 있겠습니까?"

노형진은 개인이다. 그것도 의학 쪽으로는 관심이 전혀 없는 사람이다. 그런 그도 알고 있는 사실을 과연 정부가 몰랐을까?

"그들의 입장은 하나뿐입니다. 오래전의 일이고 현 기업과는 상관이 없다는 거죠."

"그게 말이 됩니까? 하는 짓거리가 똑같은데!"

다만 달라진 것은 그때는 강제였고 지금은 돈이라는 미끼로 한국 사람을 꼬신다는 것뿐이다.

"일본으로서는 한국이 최고의 실험실이죠."

일본은 기본적으로 실험에 참가하는 사람들에게 줘야 하

는 돈도 비싸고 문제가 발생하면 그 처리 비용도 적지 않다. 그에 반해서 한국은 뭐든 다 싸고 책임질 일은 없는 데다가 과거에도 했던 일이니만큼 양심의 가책도 없다.

"그 부분을 공격하자는 건가?"

"네."

노형진의 말을 들은 송정한은 고개를 끄덕거렸다.

"그거 좋은 생각이군."

가뜩이나 일본이라는 국가에 대한 감정이 좋지 못한 게 한국 사람이다. 더군다나 그 원인을 제공한 것이 바로 731부대이다.

'그런 731부대의 대를 이은 기업이라……. 사람들이 좋아 할 리 없지.'

그걸 좋아한다면 아마도 뼛속까지 친일파, 아니 매국노일 것이다.

"하지만 그 기업을 싫어하게 한다고 해서 뭔가 달라질까?"

"이걸 대대적으로 터트린 뒤에 소송한다면 어떨까요?"

"그거야 당연히…… 아!"

노형진의 말에 송정한은 감정으로 접근한다는 게 뭔지 이해가 갔다.

"사회적으로 이 문제가 엄청나게 커지면 언론도 그냥 있지 는 못하겠군."

"그렇지요. 그리고 소송을 넣는 거죠."

대상은 다름 아닌 그린 스타. 전 언론과 국민들의 시선을 그 재판으로 몰아붙이면 아무리 재판부가 전관을 한다고 할지라도 일방적으로 편을 들기 힘들다. 아니, 전관을 할 수 없다고 하는 게 맞는 말일 것이다.

"전관을 노리는 변호사들은 부담을 싫어하니까요."

"그렇지."

판사들이나 검사 출신 변호사들의 궁극적인 꿈이 뭘까?

정의 실현? 올바른 재판?

아니다. 그들의 궁극적인 꿈은 다름 아닌 정치인.

"설사 안 한다고 해도 그런 부담스러운 사건에 전관을 받으면 나중에 문제가 되거든요."

"그렇지."

일반적으로 전관의 대가로 수억씩 받아 챙긴다. 문제는 그게 현행법 위반이라는 것이다. 현행법상 전관예우는 불법이며 또한 법에서 정한 한도 이상의 돈을 받는 것도 불법이다. 단지 알음알음할 뿐이다.

"당연히 이런 사건은 전관을 거부하겠지요."

돈도 좋지만 그렇게 되어서 도리어 징계를 받게 되면 자신들에게 손해다. 전관에는 시간이 한정되어 있다. 매년 새로운 판검사들이 나오기에 그들의 전관을 기존의 전관보다 우선하기 때문이다.

"좋은 생각이군."

송정한의 얼굴이 환해졌다. 일단 전관만 막을 수 있다면 승리할 수도 있다.

"그런데요? 이걸 어떻게 유명해지게 할 겁니까?"

무태식은 고개를 갸웃했다. 이 계획의 가장 중요한 점은 이 사건, 즉 한국 사람들에 대해서 이런 식으로 실질적으로 실험한다는 것을 알리는 것이다.

"언론은 먼저 움직이지 않는다면서요? 그렇다고 인터넷에 까발려 봐야 의미도 없을 테고."

인터넷이 이런 정보가 없을 리 없다. 그럼에도 알려지지 않았다는 것은 사람들에게 관심을 끌지 못한다는 뜻이다.

"일단 다큐멘터리 영화를 하나 만들까 생각 중입니다."

"다큐? 그게 도움이 되겠나? 흥행이 될 것 같지는 않은데?"

"걱정 마세요. 우리 흥행에 도움이 되는 분들은 사방에 많으니까."

"응?"

노형진의 말에 그들은 고개를 갸웃할 수밖에 없었다.

⚖️

"저야 좋지요. 그런데 진짜로 괜찮으시겠습니까?"

서진규는 고개를 갸웃하면 물었다.

"전 상관없습니다. 돈이 얼마나 들든 빨리 찍어 주시기만 하면 됩니다."

"그럼 한 2주면 될 것 같네요."

"그렇게 빨리요?"

"이미 드러난 사실을 조합하고 인터뷰하는 건 어렵지 않습니다. 사실 대부분의 다큐멘터리가 오래 걸리는 이유 중 하나가 돈 때문이거든요. 그런데 이건 그럴 이유도 없고."

서진규는 기대에 찬 얼굴이 되었다.

'잘되겠지?'

서진규. 사회 다큐멘터리 감독이다. 그런데 별명이 '오늘만 사는 사람'이다. 사회적으로 문제가 될 만한 것을 서슴없이 찍어 대기 때문이다. 그래서인지 그는 노형진이 가지고 온 주제를 무척이나 마음에 들어 했다.

'이런 주제를 찾는 것도 운이지.'

사람들에게 적절하게 관심을 일으키면서도 사회적으로 반향을 일으키는 사건은 흔하게 찾을 수 있는 것이 아니다. 설사 있다고 해도 그걸 다큐로 찍는 건 쉬운 게 아니다.

'하지만 이건 생각보다 쉽겠어.'

이미 실험에 관련된 모든 자료는 노형진이 준비한 상태이다. 자신은 좀 더 그걸 잘 짜맞추기만 하면 되는 것이다.

"그런데 이걸 급하게 찍는다고 해도 상영은 못 하는 거 아시죠?"

"압니다."

노형진은 그건 알고 있었다. 애초에 상영관에서 이런 다큐를 틀어 줄 리 없기 때문이다.

"그래서 말인데…… 혹시 영웅 한번 되어 볼 생각 없습니까?"

"영웅이라니요?"

"이런 다큐를 주로 찍는 것이 단순히 올바른 세상을 위해서라고 생각하지는 않습니다만?"

노형진의 말에 서진규는 잠깐 침묵을 지켰다.

보통 이런 걸 찍는다고 하면 사람들은 반골 기질이 있다고 말하거나 돈도 안 생기는 걸 왜 하냐고 묻는다.

"무슨 말씀을 하시는 건가요?"

"전에도 말씀드렸지만 이건 국민적 여론을 돌리기 위해서 하는 겁니다. 그러기 위해서는 이 사실을 널리 알려야 하지요."

"그건 그렇지요."

"그래서 사람들에게 널리 알리기 위해서는 손을 좀 써야 해서요."

"손을 좀 써야 한다?"

"네."

"흠……."

서진규는 다큐멘터리 감독이다. 좋든 싫든 이쪽 계통의 일반적인 방식에 대해서는 알고 있었다.

'하지만 무슨 수로?'

다큐멘터리가 흥하는 것은 연예인이 뜨는 것보다 더 힘들다. 대한민국에서는 다큐멘터리는 그다지 인기 있는 분야가 아니기 때문이다.

"방법은 간단합니다."

노형진이 뭔가를 설명하자 서진규는 자신도 모르게 입을 쩍 벌렸다.

"가능하겠지요?"

"가능하지요. 놀랍네요. 지금까지 그런 방법은 생각도 하지 못했는데."

"그런가요?"

"네, 사회적 다큐를 찍다 보면 그런 일은 한두 번 벌어지는 게 아닙니다. 당연히 이번에도 벌어질 겁니다. 솔직히 빨리 찍는 게 좋은 게 그런 녀석들이 워낙 집요하게 방해해서……."

"하지만 이번에는 그걸 적극적으로 이용하는 거죠."

"하하하."

노형진의 계획은 서진규가 놀라서 입을 쩍 벌릴 정도였다.

"바로 가능할까요?"

"가능하지요. 이거 기대가 되는걸요. 하하하."

⚖

"뭐라고?"

한국 내과의사협회장 백모식은 들려온 소식이 얼굴을 찌푸렸다.

"뭐라고? 다큐?"

"네."

"내용이 뭔데?"

"제목이 〈21세기 마루타〉랍니다."

"마루타?"

"네, 그린 스타의 피해자들을 재조명한다고……."

"이런 미친……."

백모식은 얼굴을 찡그렸다. 제목만 들어도 의사인 그는 그 내용이 어떻게 될 건지 어렵지 않게 알 수 있었던 것이다.

"그린 스타 쪽에서는 뭐래?"

"아무런 말도 없습니다만……."

당연히 좋지 않게 생각할 것이다.

"대책을 세워야 합니다."

"그렇겠지."

백모식은 그린 스타의 주식을 상당량 가지고 있다. 만일 그 망할 다큐인지 뭔지 때문에 주가가 떨어진다면 심각한 문제가 된다.

더군다나 그가 그린 스타의 임상 실험을 지원해 주는 조건으로 받는 돈과 그렇게 먼저 얻은 정보로 주식 놀음으로 버는 돈 역시 적지 않다.

'지금은 안 되는데?'

안 그래도 얼마 전 그린 스타에서 새로운 치료제를 개발해서 그걸 실험 중인데, 불미스러운 부작용이 몇 번 있기는 했지만 그래도 효과가 좋아서 재산의 상당 부분을 그린 스타 주식에 투자한 상황이다.

"그 녀석한테 경고는 해 봤어?"

"네, 해 봤습니다."

"그 망할 놈 같으니라고. 하여간 꼭 매를 버는 녀석들이 있다니까."

그는 이를 박박 갈았다.

'그냥 두면 안 되겠는데.'

사실 자신만 손해를 보는 것이라면 문제가 안 된다.

문제는 이런 정보가 정재계의 소위 말하는 힘이 있는 사람들에게도 상납된다는 것이다. 당연히 그들은 그린 스타의 주식을 대거 구입한 상황. 이런 때에 그린 스타가 잘못되면 그 책임을 자신이 져야 한다.

"그 새끼 좀 불러와."

"네?"

"그 새끼 좀 불러오라고. 최후의 경고를 해 줘야지."

"아…… 알겠습니다."

⚖

"실례합니다."

서진규는 조심스럽게 사무실 안으로 들어왔다.

"서진규 씨?"

"아…… 네…….."

서진규에게 얼마 전 이번 프로젝트에 대한 지원을 하겠다
는 사람이 나타났다. 그리고 그들과 약속을 잡고 여기까지
온 것이다.

"기다리고 계십니다."

"네."

서진규는 떨리는 가슴으로 안으로 들어갔다. 그리고 그렇
게 안으로 들어간 곳에서는 한 남자가 소파에 기대앉아서 들
어오는 서진규를 노려보고 있었다.

"안녕하세요. 서진규라고 합니다."

일단 투자자이기 때문에 고개를 숙여서 꾸벅 인사하는 서
진규. 그런데 상대방의 입에서 나온 것은 반갑다는 인사도,
투자에 대한 이야기도 아니었다.

"너냐, 이상한 짓을 하고 다닌다고 한 새끼가?"

"네?"

"너 이 새끼, 누구한테 사주받고 그런 걸 찍고 있는 거야?"

"사주라니요?"

"누가 임상 실험과 관련해서 다큐 찍으래? 앙? 누구한테
사주받았어? 북한이냐?"

서진규는 입을 쩍 벌렸다.

"무슨 말씀이세요? 사주라니요? 그런 걸 사주하는 사람이 어디 있습니까?"

"그러면 누가 이딴 거 찍으래? 엉?"

서진규에게 다가와서 갑자기 귀싸대기를 때리는 남자, 백모식.

"죽을래? 죽고 싶어? 어?"

"아니, 제가 틀린 걸 찍는 것도 아니고…… 이게 무슨…… 컥!"

하지만 서진규에게 돌아오는 것은 발 차기뿐이었다.

"이 새끼가 아직도 정신 못 차렸네. 야, 이 새끼야, 죽고 싶어? 어? 내가 누군지 알아? 아느냐고!"

"알고 있습니다. 한국 내과의사협회장이신 백모식 선생님."

"아, 네? 아는데 나한테 개겨? 이 새끼가 미쳤네."

서진규를 세워서 가차 없이 발길질하는 백모식이었다.

"이 새끼야, 이 사업이 얼마나 큰 사업인지 알아?"

"하지만 피해자들은……."

"대를 위한 소의 희생은 필요한 거야. 그래야 의학이 발달하고 다른 사람들에게 약을 쓰지. 안 그래? 그런 것도 모르는 새끼가 아가리만 털면 잘난 줄 알아?"

그는 서진규를 마구 욕하면서 구타를 가했다. 서진규는 그걸 그대로 맞는 수밖에 없었다. 저항하기에는 주변에서 자신을 노려보는 경호원이라는 존재가 너무 무서웠던 것이다.

"이게 내과협회의 공식적인 의견인가요? 구타하는 한이

있어도 이 사건은 막는다?"

"그래, 공식 의견이다. 그럼 어쩔 건데?"

"더 때려 보시죠. 제가 이런다고 물러날 것 같습니까? 지금이 어떤 시대인데 국민들을 마루타로 써요?"

백모식은 기가 막혔다.

"마루타는 무슨 마루타야! 다 돈 받자고 하는 새끼들인데!"

"그거 하면 죽을 수도 있다는 건 알렸습니까? 장애가 생길 수도 있다는 것은요? 문제가 생겨도 배상하지 않는다는 건요?"

"그건 알고 동의한 거 아냐!"

"제대로 안 알려 줬잖아요. 저도 그 계약서 봤습니다. 고작 한 줄 있더군요. 이 모든 실험에 동의하며, 그에 관해서 어떤 문제가 생겨도 책임을 묻지 않는다. 그게 무슨 말입니까? 만일 실험에 참가했다가 죽을 확률이 높다는 걸 알았다면 그들이 참여했을까요?"

"이 새끼가!"

"컥!"

다시 주먹에 나가떨어지는 서진규.

"잘 들어. 좆도 없는 새끼들이 꼭 이래요. 쥐뿔도 모르면 닥치고 있어. 의약품이 발달해야 우리가 발전하는 거야. 알아?"

"그래서 일본 731부대 후손들에게 국민들을 마루타로 공급합니까?"

"이 새끼가 증말! 그거 벌써 몇 년 전 이야기인데!"

"하지만 사건은 현재 진행형 아닙니까?"

"이 새끼가!"

결국 참다못한 백모식은 서진규를 무차별적으로 구타하기 시작했다. 한참이 지나고 나서야 보다 못한 경호원들이 말렸다.

"이 새끼 끌어내."

"후회할 겁니다!"

"후회 같은 소리 하고 자빠졌네. 네놈이 그런 거 만들면 누가 봐준다고 하디?"

결국 피를 철철 흘리면서 건물 바깥으로 끌려나온 서진규는 길바닥에 패대기쳐져서 데굴데굴 굴렀다.

"꺼져."

"더러운 새끼."

경비원들은 그런 그에게 침까지 뱉으면서 쫓아냈고, 서진규는 너덜너덜해진 몸과 옷을 가지고 힘겹게 그곳을 떠났다. 그리고 그들의 시야에서 벗어났을 때쯤 한 대의 차량이 다가와서 그를 태웠다.

"이런…… 생각보다 많이 맞았군요."

노형진은 서진규를 보면서 미안한 얼굴이 되었다. 하지만 서진규는 얼굴에는 미소가 가득했다.

"나야 땡큐지요."

그가 품 안에서 뭔가를 풀어내자 그걸 챙겨서 확인하는 노형진.

"깔끔하게 찍혔군요."

"도대체 이런 장비는 어디서 구한 겁니까?"

"하하, 변호사 노릇을 하다 보면 증거를 모아야 하니까요."

사실 노형진은 백모식이 서진규를 부를 때부터 위협을 가하는 것이 목적이라는 것을 알고 있었다. 진짜로 이렇게 구타까지 할 거라고는 생각도 못 했지만 말이다.

"그나저나 의사들의 반대가 심하군요."

"그럴 수밖에요. 이런 임상 실험은 상당한 돈이 됩니다. 전 세계적으로 임상 실험을 할 곳은 점점 줄어 가는데 할 만한 곳은 별로 없거든요."

그 결과, 한국으로 전 세계의 임상 실험이 몰려들고 있는 것이다.

"중국이나 인도도 자국민을 대상으로 한 임상 실험은 까다롭게 하니까요."

"그런가요? 그나저나 이렇게 얼마나 더 맞아야 합니까?"

서진규는 그게 걱정되는 듯 한숨을 푹 쉬었다.

"뭐, 백모식 같은 인간은 더 이상 없을 겁니다. 백모식은 전에도 폭력을 행사한 전과가 있는 녀석이었지요."

"그런가요?"

"네, 회장에 출마했을 때 경쟁자에게 폭행한 적이 있어요."

"그런데 회장이 된다고요?"

"뭐, 폭행은 폭행이고 선거는 선거라나요?"

서진규는 이해를 못 하겠다는 듯 고개를 흔들었다. 일반적으로 그런 인간이면 당연히 사퇴시키든가 해야 하는 게 정상이 아닌가?

"그가 로비로 벌어 오는 돈이 적지 않습니다. 그리고 이런 임상 실험 역시 그런 로비로 받아 온 것 중 하나고요."

"끄응……."

"일단은 그 부분은 걱정하지 마세요. 더 이상 때릴 사람은 없습니다. 사실 서진규 씨의 상태를 봐서는 미안해서라도 못 때리겠는데? 하하하."

"웃을 일이 아닙니다."

"미안합니다, 하하. 하지만 눈에 멍든 게……."

"끄응……."

서진규은 한숨을 쉬었지만 이미 지난 일이었다.

"이제 다음 약속 장소로 가지요."

"제발 이번에는 안 때렸으면 좋겠네요."

그는 그렇게 한숨을 쉴 뿐이었다.

"다큐가 나왔습니다."

"벌써?"

"네."

송정한은 깜짝 놀랐다. 다큐에 들어간 지 채 2주도 안 되었다. 그런데 벌써 다큐가 나왔다는 것이다.

"날림으로 만든 거야?"

"그럴 리가 있나요. 제대로 만들었습니다. 한번 보시지요."

"흠……."

노형진의 말에 송정한은 고개를 갸웃하면서 회의실로 향했다. 그곳에서는 무태식이 다큐를 상영할 준비를 하고 있었다.

"여, 무 변호사. 어때? 잘 나왔어?"

"글쎄요? 잘……."

"자네도 못 본 거야?"

"노 변호사님이 철저하게 비밀로 하셔서요."

"도대체 어떤 내용이길래?"

"보시면 압니다."

노형진은 씩 미소를 지으면서 웃었다.

사실 비밀로 한 것은 다음 준비를 위해서였는데, 그다음 준비가 어느 정도 완성된 상태였기 때문에 그걸 시작하기 위해서 사전에 이들에게 알려 주는 것이었다.

"그나저나 제대로 만들어졌을는지……."

송정한은 걱정스럽게 말했다. 아무리 자료를 주고 피해자들이 억울한 마음에 적극적으로 지원해 주고 또한 물적·심적으로 지원해 줬다고 해도 그리 긴 시간이 지난 게 아니었기 때문이다.

"뭐, 이번 주제는 급한 게 아니었으니까요."

"급한 게 아니었다고?"

"네."

"자네, 이번 사건을 빨리 해결해야 한다고 하지 않았나?"

"압니다. 그러나 이번에는 좀 다르거든요."

"……?"

송정한과 무태식은 고개를 갸웃했다.

잠시 후 천천히 다큐가 상영되기 시작했다.

처음 흐르는 것은 다름 아닌 제목. 그것은 〈21세기 마루타, 아직 살아 있는 731의 망령〉이라는 제목이었다. 그런데 그다음 순간 그들은 예상하지 못한 장면이 나타났다.

"어?"

갑자기 그 제목이 바람에 날아가는 것처럼 흩어지더니 새로운 제목이 나타난 것이다.

"한국 친일파의 민낯? 이게 뭐야?"

전혀 다른 제목이 나오자 어리둥절한 두 사람.

노형진은 그들을 진정시켰다.

"그냥 두고 보세요."

두 사람은 조용히 그걸 보기 시작했다.

영상의 재생 시간은 20분 정도로, 다큐치고는 짧았다. 하지만 그 내용은 아주 심각해서 이루 말할 수 없을 정도였다.

"이건……."

"이번에 그 마루타 사건을 찍으면서 친일파나 그들과 이권 관계에 있는 사람들이 위협한 것을 찍은 겁니다."

"이게 단순 위협이라고?"

하지만 단순 위협이라고 보기에는 너무나 노골적이었다. 협박은 예사고 몇몇은 아주 대놓고 폭행하기도 했다.

'이럴 줄 알고 있었지.'

노형진은 사전에 홍보 작업이 필요하다는 것을 직감적으로 느끼고 있었다. 단순히 다큐를 만든다고 해서 사람들이 봐주지는 않는다. 사람들의 관심을 끌 만한 뭔가가 있어야 했다.

"이런 일이 있을 줄은 몰랐네."

"전 사실 알았습니다. 다만 폭행이 이렇게 이루어지는 것까지는 예상하지 못했지만요."

사실 그 심각성에 비해서는 내용이랄 것도 없었다. 그들이 대놓고 협박하거나 폭행을 가하는 장면이 적절하게 편집되어서 나레이션과 함께 나갈 뿐이었다. 그리고 광고와 나레이션을 빼고 나면 내용 자체는 채 15분이 안 되었다.

-친일파가 막고 싶었던 진실. 일주일 후 당신을 찾아갑니다.

"어떤가요?"

그걸 본 송정한은 자신도 모르게 숨을 탁 내쉬었다.

"끝내주는구만. 모르는 사람이 보면 뚜껑 제대로 열리겠어."

"그렇지요?"

온갖 협박과 감언이설, 폭행으로 점철된 내용. 그리고 그들이 막으려고 하는 단 하나의 다큐.

"완전 궁금해지는데요?"

무태식은 어이가 없다는 듯 고개를 휘휘 저었다.

"이런 걸로 관심을 끌 거라고는 생각도 못 했습니다."

보통 예고편이라고 하면 그 내용 중 자극적인 것을 발췌하거나 유명한 사람들의 추천사를 넣는 것이 보통이다. 그런데 이건 아예 생각을 바꿔서 반대파의 노골적인 행동을 광고로 사용한 것이다.

"우리나라에서는 친일파의 이미지가 좋지 않지요."

"그리고 그들이 감추고 싶어 하는 진실이라고 포장한다."

"네."

"좋은 생각이기는 한데…… 문제가 있네. 이걸 어디에 상영할 건가? 솔직히 말해서 대기업이 틀어 줄 것 같지는 않네만?"

"아, 상영요?"

"그래. 인터넷으로 무료로 뿌릴까?"

가장 좋은 방법은 그것이다. 하지만 노형진은 그에 대해서 부정적인 생각을 가지고 있었다.

"언뜻 보기에는 그게 좋아 보이지요. 하지만 실제적으로는 그다지 이슈가 되지 않을 겁니다."

"왜 많은 사람들이 보잖아?"

"네, 하지만 그건 공짜니까 보는 거니 움직이지는 않아요."

"움직이지는 않는다?"

"네."

일단 인터넷에 공짜로 뿌리면 사람들이 많이 보는 것은 사실이다. 하지만 공짜로 뿌려졌다는 것은 반대로 말하면 그 가치가 공짜가 된다는 소리다.

"많은 사람들이 보겠지만 공짜로 그걸 본 사람들이 과연 그걸 보고 충격을 받을까요?"

"음……."

"그리고 '인터넷에서 외치는 사람은 현실에서 움직이지 않는다.'가 제 지론입니다."

"현실에서 움직이지 않는다……라……."

"네, 물론 그마저도 안 하는 것보다는 나은 것이지만……."

그렇지만 현실에서 움직이지 않으면 여전히 글로벌 대기업들은 국민들을 호구로 알고 뜯어 갈 뿐이다.

"그래서 상영관에 걸어야 한다 이건가?"

"네."

"하지만 저런 걸 누가 해 주려고 할까?"

"저 영상은 그냥 인터넷에 뿌릴 겁니다. 말 그대로 광고니까요. 하지만 진짜 다큐는 상영관에 걸어야 합니다."

"어디에? 그걸 틀어 줄 곳이 있나?"

"대룡요. 그곳과 이야기가 끝났습니다."

"대룡?"

"네."

대룡도 영화 상영 체인을 가지고 있다. 성화가 진출하는 것을 막는 과정에서 기존에 있던 극장들과 동맹을 맺고 하나의 영화 체인으로 재탄생한 것이다.

"허…… 참 빨리도 움직이는군."

송정한은 노형진의 과감한 결단에 혀를 내두를 수밖에 없었다.

"이건 시간과의 싸움이니까요."

지금도 아무것도 모르는 가난한 청년들이 마루타로 이용 당하고 있다. 그걸 막아야 한다.

"기대되는군."

"기대하셔도 될 겁니다, 후후후."

분노하라

"우와……."

서진규는 눈앞에 있는 기록을 보고 자신도 모르게 혀를 내둘렀다.

"예매율이 30%?"

"놀랍습니까?"

"놀랐지요. 다큐 예매율이 30% 넘는 건 처음 봤습니다."

"그만큼 한국 사람들이 일본을 싫어한다는 거지요."

인터넷에 공짜로 뿌려진 친일파의 민낯은 말 그대로 엄청난 반향을 일으켰다. 그들이 국민을 아주 개처럼 대하고 구타하는 영상은 사람들의 분노를 자극했다. 특히나 사람들이 실험체로 사용되는 걸 당연하게 이야기하는 그들의 말은 극도의 분노를 불러왔다.

"말도 안 돼!"

"친일파 개새끼들."

사람들은 그걸 보고 그들이 막고자 했던 것이 뭔지 두 눈으로 똑똑히 보고자 했는데 드디어 그날이 온 것이다.

"대단하네요."

서진규는 영화관 앞에 줄을 서서 기다리는 장면을 보면서 혀를 내둘렀다.

"벌써 그렇게 놀라면 안 됩니다. 이번 사건으로 서진규 씨는 한국 내에서는 독보적인 자리에 올라설 겁니다."

"음……."

서진규는 노형진의 말에 안타까운 눈빛이 되었다. 그동안 얼마나 노력했던가? 그런데 남의 힘으로 되었다는 것이 영 찝찝했던 것이다.

"그렇게 생각하지 마십시오."

노형진은 그런 그를 보면서 마음을 안다는 듯 이야기했다.

"결국 기회를 잡는 사람이 승리하는 거니까요."

"기회라……."

"네, 서진규 씨는 실력이 있습니다. 하지만 주제를 정확하게 잡지 못하더군요."

"주제요?"

"네."

노형진은 회귀 전의 서진규, 즉 서진규 감독을 알고 있었다. 그는 다큐멘터리 감독으로서, 특히 사회 다큐멘터리 감독으로서 재능이 있었지만 그 주제를 고르는 감각이 영 부족했다.

"정치적인 것에는 국민들이 관심이 없습니다."

"네? 하지만 정치가 잘되어야 나라가 잘 사는 건데……."

"그건 꿈같은 이야기죠. 당장 국민들은 주머니에 돈이 들어오는지, 당장 내가 피해를 입는지를 가지고 그 가치를 판단합니다. 아무리 정치적으로 어쩌고저쩌고해도 결국은 백성이 굶으면 소용없는 겁니다."

"……."

"서진규 씨는 모든 것을 너무 정치적으로 판단하는 버릇이 있습니다. 그래서 이번 것도 마지막에 고치라고 한 거구요."

"그랬군요……."

노형진의 말에 서진규는 자신의 작품들을 조용히 곱씹었다. 확실히 모든 것이 정치적 신념이 확실하게 드러나는 것들이었다.

"좀 더 국민들에게 도움이 되고 직접적인 것으로 만들어 보세요."

"네."

서진규가 뭔가 깨달은 듯한 얼굴이 되자 노형진은 빙긋 미소를 지었다.

"자, 그럼 무대 인사를 하러 갈까요? 첫 상영인 만큼 인사는 드려야지요."

"네."

당당하게 극장 안으로 들어가면서 노형진은 걱정스레 그의 뒷모습을 바라보았다.

'잘되어야 할 텐데⋯⋯.'

⚖

—그래, 의사들의 공식 의견이다! 어쩔래!

어떻게 해서든 임상 실험을 유지하기 위해서 폭행과 협박을 주저하지 않는 사람들.

—그 의사가 그러더군요. 약이 없다. 하지만 일본에서 실험 중인 약이 있다⋯⋯. 그래서⋯⋯ 그거면 아이가 나아질 거라고⋯⋯. 그래서 임상 실험에 응했어요⋯⋯. 그런데⋯⋯ 그 때문에 우리 아이가 죽었어요. 나중에 알고 보니 미국에서 쓰이는 약이 있더군요. 그럼에도 불구하고 의사는 검증도 되지 않은 일본의 약을 추천해 준 거였어요. 임상 실험에 써야 하는 대조군이 없다는 이유로 말이죠⋯⋯.

그리고 임상 실험과 관련된 수많은 비리들.

이것이 법이다.

―허어, 허어……. 전 그 약이 절 살려 줄 거라고 믿었습니다. 하지만…… 나중에 알았습니다. 전 위약 대상이더군요. 네, 그들이 저에게 준 것은 진짜 치료제가 아니라 그냥 영양제였던 거죠……. 비교 대상이 필요했으니까요. 전 그걸 모르고 열심히 먹었는데……. 그 때문에 암이 말기까지 진행되도록 방치했던 겁니다……. 차라리 그냥 수술을 했더라면 전 내일을 볼 수 있었을지도 모릅니다. 하지만…… 그들은 절 단순히 숫자로 볼 뿐이었어요……. 이제는 돌이킬 수 없는 강을 건넜습니다.

실험할 때는 위약 대상을 넣어야 한다. 먹은 사람과 안 먹은 사람을 비교해야 하니까.

문제는 그걸 지원하는 사람들은 병을 가진 사람이어야 한다는 것. 결과적으로 누군가는 위약을 먹으면서도 진짜 약인 줄 안다는 뜻이다.

―전…… 죽습니다……. 제 두 딸과 아내를 두고요. 저에게는 살 기회가 있었어요. 하지만 의사들이 절 죽이는 겁니다. 그들은 살인자예요.

깡마른 채로 죽어 가는 환자의 유언.
그 모든 것을 본 사람들은 정신이 혼미해졌다.
"이것들이 진짜!"

"너무하는 거 아냐!"

다큐를 보면 결론은 하나였다. 그들은 국민들을 대상으로 실험을 하고 있었던 것이다, 그것도 과거 일제시대 731부대가 하던 생체 실험을.

"의사협회회장은 물러나라!"

"국민은 마루타가 아니다!"

국민들은 분노했고 드디어 때가 되었다.

"소송 인원이 엄청나네요."

"한번 실험할 때마다 적게는 수백 명, 많게는 수천 명이니까요."

그들 중 상당수는 이상 징후를 겪었다. 물론 단순히 순간적인 것도 있었지만 이슈가 되면서 많은 사람들이 분노해서 몰려온 것이다.

"일단 그들이 위해를 가했다는 증거는 너무나 명확합니다."

싸움에 필요한 증거는 넘쳤다. 그들이 다른 병원에서 받은 질료 기록, 그 약에 대한 결과지 등등.

"문제는 전관을 막는 거죠."

"전관을 막는다?"

"네, 지금쯤이면 소장이 그린 스타 쪽으로 넘어갔을 겁니다. 그들은 어떻게 해서든 전관을 고용하려고 하겠지요."

"음……."

한번 전관으로 재미를 봤으니 그들은 다시 한 번 그걸 노릴 것이다. 그럴 수밖에 없다. 지금 같은 상황에서 패하면 더 많은 사람들이 소송할 테고, 그러면 그 피해액이 엄청나질 테니까.

당장 한국에서는 그린 스타의 의약품에 대한 엄청난 불매 운동이 일어나고 있는 상황이었다. 물론 그린 스타는 일본계 기업으로 한국에서 판매량이 많은 것은 아니다. 그렇다고 해도 정치적으로 부담이 되는 것은 어쩔 수 없었다.

"저들은 압니다, 어차피 이 바람은 6개월 후면 사라진다는 것을. 그게 우리나라의 현실이니까요. 당장 시간을 끌면서 재판할 테고 1심과 2심을 거쳐서 3심까지 가면 충분히 시간을 끌 수 있습니다 당연히 그들은 전관을 사서 시간을 끌면서 승리를 노리겠지요."

"그러면 전관을 어떻게 막는단 말인가?"

"원래 사람은 멍석을 깔아 두면 안 하는 법입니다."

"엥?"

송정한은 노형진의 말에 고개를 갸웃했다.

"이미 작전은 시행 중입니다. 걱정하지 마세요. 하하하."

노형진은 그저 웃을 뿐이었다.

같은 시각.

"다녀오세요."

"크흠…… 내 다녀오리다."

대법관 출신 변호사인 진동석은 출근하기 위해 집을 나서고 있었다. 그러나 그는 집 바깥으로 나간 순간 반갑지 않은 사람들과 마주칠 수밖에 없었다.

"진동석 변호사님?"

"그렇소만?"

"안녕하세요. 새벽일보에서 나왔습니다."

"새벽일보?"

그 말과 동시에 사방에 숨어 있던 기자들이 그에게 몰려들기 시작했다.

"그 말씀이 사실입니까?"

"이번에 진동석 변호사님이 그린 스타의 변호를 맡기로 했다면서요?"

"현재 전 국민이 분노하는 대상을 변호한다는 게 양심에는 안 찔리던가요?"

"아니, 그게 무슨 말이오!"

"전관을 동원해서라도 어떻게 해서든 임상 실험을 계속하겠다는 게 그린 스타의 생각인가요?"

"일부에서는 이에 동조하는 사람들을 친일파라고 생각하고 있는데, 평소 일본에 대해서 어떻게 생각하십니까?"

그는 당황했다.

'이거 어떻게 된 거야?'

자신은 그런 것에 대해서 전혀 모른다. 알 리도 없다.

물론 그린 스타 사건에 대해서는 안다. 그 뉴스를 보면서 저거 소송으로 비화하겠다고 회사 다른 변호사들과 이야기하기도 했다. 하지만 자신에게 그 사건이 온다는 소식은 전혀 듣지도 못했다.

"그런 거 모릅니다."

"하지만 이미 소문이 났습니다."

"진동석 변호사님을 비롯해서 주요 전관 변호사들을 선임해서 이번 소송에 대응한다고……."

"소송?"

"모르셨습니까? 이번 사건은 새론에서 담당하기로 해서 이미 소장이 들어갔다는데요."

"정부에서는 이번 사태에 대해서 심각하게 생각하고 있다는데 어떻게 생각하시나요?"

"실질적으로 731부대의 후예를 변호하겠다는 건데 그에 대해 양심적 가책은 없습니까?"

진동석은 할 말이 없었다. 아니, 할 수가 없었다. 뭐라도 알아야 말을 할 수 있는데 아는 것이 아무것도 없었기 때문이다.

"할 말이 없습니다."

"한마디만 해 주십시오!"

"없다니까요!"

그는 도망치듯이 차에 타고 서둘러 자신의 사무실로 향했다. 그런데 사무실에 도착하자마자 보이는 것은 전화기를 다 내려놓은 직원들과 곤란한 얼굴을 한 변호사들이었다.

"박 변호사, 이게 어떻게 된 건가?"

"모르겠습니다. 하지만 아침부터 항의 전화 때문에 일을 할 수 없는 지경입니다."

"그게 말이나 돼? 아니, 대체 우리가 뭘 어쨌다고 이 난리야?"

자신들은 아는 게 아무것도 없었다. 그런데 난데없이 자신들이 그린 스타의 변론을 담당하게 되었다니, 그게 말이나 된단 말인가?

"인터넷에 파다합니다. 우리를 비롯해서 몇몇 전관 팀이 붙어서 그린 스타를 변호한다고."

"전관…… 끄응…….."

그제야 그는 몇 년 전 그린 스타와의 싸움이 생각났다. 그때 그들은 자신의 선배 전관 변호사들을 사서 압도적인 승리를 했다.

'그 짓을 똑같이 할 거라는 건 알겠는데…….'

확실히 그렇게 된다면 가장 확률이 높은 것은 자신이다.

"어쩌죠?"

"일단 오해라고 발표하는 게 우선이지. 도대체가……."

막 말하려고 하는 그때였다. 문이 빼꼼 열리면서 여직원이 모습을 보였다.

"무슨 일인가?"

"대표님, 손님이 오셨는데요."

"손님?"

"네."

"누구?"

"그린 스타에서 나왔다고……."

상황을 알고 있는 그녀인 만큼 조심스러울 수밖에 없었다. 당장 그린 스타의 변론을 한다고 소문이 났는데 그들이 직접 온 것이다.

"뭐라고!"

그는 발끈했다.

'이 꼴을 보고도 찾아온 거야?'

물론 그린 스타는 상황을 전혀 알지 못한다. 하지만 그들의 전관을 이용하기 위해서 온 것이다. 하지만 진동석은 속이 터질 것 같은 기분이었다.

'미쳤나'

저들에게 전관을 해 주고 나면 자신들은 어떻게 될까? 천하의 매국노가 될 것이다.

사실 그런 사건을 담당하는 것은 무섭지 않다. 욕먹지 않고서는 변호사 노릇을 하지 못한다는 것을 익히 알고 있으니까. 문제는 돈이다.

'쌰앙.'

그렇게 한번 친일파이자 매국노로 찍혀 버리면 다른 사건들이 안 들어온다. 당연히 전관예우 기간도 짧아진다.

'말도 안 되는 짓거리지.'

그들이 무서워하는 건 매국노로 찍히는 게 아니라 그로 인해서 입을 피해, 즉 돈을 못 버는 것이다.

"안 됩니다. 지금 만나면 괜히 구설수를 만들 뿐입니다."

그가 침묵을 지키자 고민하고 있다고 생각한 건지 다른 변호사가 기겁하면서 말렸다.

"그렇겠지?"

"당연하지요. 그냥 일반적인 경우에도 이런 사건은 부담스러운 게 현실입니다. 그런데 지금 전 국민이 이 사건에 집중하고 있습니다. 거기에다 다른 것도 아니고 731부대의 후예를 변호해 줘요? 당장 돈이 될지는 몰라도 좋은 꼴은 못 봅니다."

"끄응……."

가장 부담스러운 것은 역시 시중에 이 사건이 너무 많이 알려져 전 국민과 언론이 이 사건을 지켜보고 있다는 것이다.

'이런 상황에서 돈 욕심을 부리면 안 되겠지.'

그렇게 된다면 사회적으로 매장당할 수밖에 없다.

"하아, 거절한다고 해."

"네?"

여직원이 이해하지 못하고 되묻자 짜증이 나 있던 진동석은 소리를 버럭 질렀다.

"우리는 그 사건을 변호할 생각이 없으니 가라고 하라고!"

"네? 하지만 손님으로 오신 건데…….."

일반적으로 사건을 거절한다고 해도 만나서 이야기하는 것이 예의다. 하지만 진동석은 그럴 수가 없었다.

"그랬다가 구설수 타면 네가 책임질래? 안 그래도 헛소문 돌아서 미치겠는데!"

지금도 사건을 담당한다는 헛소문 때문에 돌아 버릴 지경이다. 항의 전화 때문에 전화기도 못 올려 둔 상태다. 이미 홈페이지는 욕으로 도배되어 있다. 그런데 만나라고? 그건 거절해도 욕먹는 짓이다.

"당장 그냥 내보내."

"아…… 네…….."

여직원이 그렇게 물러나자 진동석은 한숨만 푹 나왔다.

"쌍…… 안 하기로 하기는 했는데…… 이 사태를 어떻게 수습하냐…….."

⚖

"역시."

노형진은 상대방 변호사를 보면서 피식 웃었다.

"변호사를 못 구한 모양이네요."

"그럴 겁니다. 바보가 아닌 이상에야 그 사건을 맡으려고 하는 변호사가 없겠지요."

노형진이 멍석을 깔아 놨다는 것은 간단했다. 전관으로 사용될 수 있는 사람들의 이름과 소속을 인터넷에 은밀히 퍼트리면서 이미 그들이 선임되어 전관예우로 사건을 담당하기로 되어 있다는 소문을 낸 것이다.

당연히 그들은 전혀 모르고 있다고 당했으니 그런 상황에서 사건을 담당할 변호사가 있을 리 없다.

"그런데 일반 변호사도 없다는 게 이해가 안 가는군요."

무태식은 상대방 자리에 있는 사람들을 바라보면서 고개를 갸웃했다. 그들은 변호사가 아니라 그린 스타 한국 지부의 직원이었다.

형사와 다르게 민사는 변호사가 필수가 아니다. 혼자서 변론할 수 있으면 하면 되는 것이다. 물론 그런 경우는 흔하지 않기 때문에 어쩔 수 없이 변호사를 사는 것이 현실이다.

"그린 스타가 돈이 없어서 못 구한다는 건 말도 안 될 테고."

"하려고 하는 사람이 없다는 소리겠지요."

대법관 출신이나 주요 전관 변호사들조차도 이 사건을 감당하지 못해서 발을 뺀다. 그런 상황에서 그저 그런 변호사가 변론을 담당하게 되면 어떻게 될까? 아마 그는 사회적으

이것이 법이다

로 매장당할 것이다. 전관을 가진 사람조차 그 파장을 두려
워해하는 판국에 사회적으로 매장될 걸 각오하면서까지 사
건을 맡으려는 사람은 없었다.

"그러면 이건 완승이군요."

무태식이 기분 좋은 웃음을 지었다. 아무리 그래도 변호사
가 없으면 자신들이 훨씬 유리하기 때문이다.

"그건 아닐 겁니다. 오늘은 첫날이라 안 구해져서 어쩔 수
없이 직원이 나온 거지, 그런다고 아예 끝날 때까지 변호사
를 구하지 못하지는 않을 겁니다."

"네? 하지만 사회적으로 매장당할 텐데요?"

"어디에 가나 자신이 친일파라는 것에 대해서 자랑스러워
하는 놈은 있으니까요."

노형진의 말에 무태식은 이를 박박 갈았다.

"맞네요."

"일반적으로 그런 녀석들이 실력이 부족한 게 현실이니까
아직은 접선하지 않았을 겁니다. 하지만 오늘이 지나면 고용
하려고 하겠지요. 그리고 다른 한편으로는 일본에서 활동하
는 골수 친일파도 있으니까요."

"아⋯⋯."

변호사 자격은 자국민에게 주는 게 아니다. 자국의 시험을
통과하면 주는 것이다. 실제로 일본에 있는 사법시험에서 합
격해서 일본에서 활동하는 한국 변호사들이 있다, 회귀 전

노형진이 미국에서 변호사로 활동했듯이.

'그리고 거기에는 골수 친일파가 제법 많지.'

물론 일본에서 활동한다고 모두가 다 친일에 매국노인 건 아니다. 하지만 실제로도 그런 짓거리를 하는 놈들은 많다.

"그런 녀석들은 한국에서 뭐라고 하든 신경을 안 쓰죠."

그들은 한국 변호사 자격이 있다. 단지 일본에서 활동할 뿐이다. 당연히 신경을 쓸 이유가 없다.

"그럼 오늘은……."

"간단한 탐색전입니다."

노형진은 상대방을 바라보았다.

"실질적으로 오늘은 아무것도 안 할 겁니다. 상대방이 할 이야기도 정해져 있고요. 아마 변론 기일을 변경하려고 할 겁니다. 재판부는 그걸 받아들일 테고요."

그건 딱히 매국 행위도 아니다. 법적으로 변론 기일을 더 신청하면 특별한 이유가 없는 한 받아들이는 게 보통인 데다 아직 첫날이다. 이런 사건은 한두 번에 끝나는 게 아니니 안 받아들인다고 해도 상관없다. 저들이 나온 것은 단 하나, 재판에 안 나왔을 때 입을 불이익을 피하기 위해서였다.

"일단은 상황을 좀 볼까요?"

"네."

"오늘은 무 변호사가 한번 나가 보세요."

"제가요?"

노형진의 말에 무태식은 깜짝 놀랐다. 보통은 노형진이 전면에 나서기 때문이다.

　"무 변호사님이 독립운동가 집안 아닙니까? 저런 녀석들한테 무 변호사님이 선전포고를 해야지요."

　"그렇다면야……."

　어차피 오늘은 별말이 없을 거라는 걸 알기에 무태식도 별부담 없이 나가서 첫 번째 공격을 하기 시작했다.

　'흠……'

　노형진은 그걸 보다가 상대방을 바라보았다.

　'역시……'

　사실 노형진이 전면에 나서지 않은 것은 그들의 행동을 살피기 위해서였다. 그들의 행동은 뭔가 이야기하는 것도, 걱정하는 것도 아니었다.

　'누군가 있다는 뜻이군.'

　아직 변호사를 구하지 못했다면 변론이 시작되면 우려를 내보여야 정상이다. 그런데 그들은 아무런 움직임도 없었다.

　'오늘 안 나왔다라……. 그렇다면 일본계 변호사인 모양이군.'

　한국 변호사라면 일단 나오기는 했을 것이다. 그런데 아직 안 나왔다는 것은 간단하다. 바로 나올 수 없는 사람, 즉 일본에서 활동하는 사람이라는 뜻이다.

　"피고 측, 할 말 없습니까?"

　"에, 저희는 변호사가 아직 도착하지 않았습니다. 오늘 오전에 변호사 선임계를 제출했으므로 다시 기일을 잡아 주시기 바랍니다."

'역시.'

노형진의 예상대로 그들은 이미 변호사를 선임한 것이었다.

"인정합니다. 사건의 중요도상 변호사가 꼭 필요하고 아직 변호사가 입국하지 못한 것을 감안하여 새로 기일을 잡도록 하겠습니다."

그렇게 첫 번째 재판은 아무런 공격이나 방어도 없이 끝나 버렸다. 기대하고 나간 무태식만 허망하게 상대방을 노려볼 뿐이었다.

"괜히 죄송해지는데요."

"아닙니다. 저 녀석들한테 본때를 보여 주고 싶어서 그런 겁니다. 그런데 저 녀석이 변호사를 고용했다고요? 누굴까요?"

"글쎄요……."

노형진은 자신의 기억을 조금씩 더듬었다.

'일단 일본으로 넘어간 변호사라는 뜻이야. 뭐, 한 명이 담당하기는 힘드니까 몇몇 친일파가 붙을 수도 있겠지만 그 녀석들이 메인이 될 리는 없고…….'

선임계가 제출되었다는 것은 국내 친일파 변호사 역시 선정되었다는 뜻이다. 그럼에도 불구하고 그들이 안 나왔다는 것은 한 가지를 뜻한다. 그들은 메인이 아니며 그들이 이 사건의 중심에 설 수는 없다는 것.

'그러면 단순히 일본에서 활동하는 한국 사람은 아니라는 뜻인데.'

그렇게 된다면 그들 중 할 수 있는 사람은 확 줄어든다.

'이때쯤이면…… 한 명뿐이겠군.'

가끔 한국에서도 문제가 되고 있는 녀석. 일본에서 성 노예 사건을 고소했을 때 한국인임에도 불구하고 일본 정부의 편에 들어서 그들을 변론한 녀석.

'망할 개자식이었지.'

수많은 변호사들을 두고 일본이 그를 고용한 건 그가 한국인이었기 때문이다. 즉, 한국의 자존심을 뭉개기 위해서 고용한 것이다. 그리고 그는 그걸 알고 있었고 자랑스럽게 일본을 위해서 성 노예 사건의 피해자들을 창녀라 불러 댔다.

"아마도 이재곤일 겁니다."

"이재곤?"

"네."

"처음 들어 보는데요?"

"그 녀석은 한국에서 활동을 잘 안 하니까요. 하지만 변호사들은 그 녀석의 다른 이름을 들으면 알죠. 무카토 에이지."

"무카토 에이지? 그거 위안부, 아니 성 노예 사건 때 변론한 놈 아닙니까?"

"맞습니다."

"그런데 이재곤이라니요?"

노형진은 입꼬리를 씁쓸하게 말아 올렸다.

'하긴 한국에서 알려지지 않았지.'

한국 정부나 언론도 창피했던 모양인지 그에 대해서는 잘 알리지 않았다. 그래서 노형진은 답답할 뿐이었다.

"그 녀석이 이재곤입니다. 무카토 에이지는 일본에서 활동하는 변호사로서의 이름이고 진짜 이름은 이재곤입니다."

무태식은 입을 쩍 벌렸다.

"설마 그 녀석이 한국인이었단 말입니까?"

"네."

"이런 미친 새끼!"

다른 사건이나 금전적인 사건이라면 변호사로서 이해할 수는 있다. 결국 살인 사건도 변호해야 하니까. 그런데 다른 것도 아닌 성 노예 사건을 일본을 대표해서 변론하다니.

"이런 미친 새끼를 봤나!"

"그 녀석은 뼛속까지 친일파입니다. 아니, 매국노라고 표현하는 게 나을 겁니다."

이런 사건을 담당할 만한 녀석은 그 녀석 말고는 없었다.

"문제는 그 녀석의 실력은 상당히 좋다는 것이지요."

아무리 매국노라고 해도 그리고 한국의 자존심을 밟기 위해서라고 해도 일본이 실력 없는 녀석을 고용할 리 없다.

"그럼…… 어쩌죠?"

"싸워 봐야지요."

노형진은 조용히 중얼거렸다.

"그 녀석과의 악연을 이쯤에서 끝내면 좋겠는데 말이죠."

"네?"

"아닙니다."

노형진은 그저 속으로 화를 삼킬 뿐이었다.

⚖️

"저 녀석인가요?"

"네."

얼마 뒤 다시 시작된 재판.

그곳에서 모습을 드러낸 무카토 에이지, 아니 이재곤. 그리고 그의 뒤에 서 있는 사람들.

"내 저럴 줄 알았지."

그들은 먼저 일본으로 가서 자리를 잡은 이재곤에게 끊임없이 딸랑거리며 아부하고 있었다.

"친일파의 꿈이 일본으로 가는 거니까요."

"일본으로 가서 콱 다 죽어 버렸으면 좋겠네요."

"호오? 그거 좋은 생각인데요?"

"네?"

"아닙니다."

노형진은 순간 머릿속에 한 가지 생각이 스치고 지나갔다.

'콱 후쿠시마에다가 행사를 잡아 버릴까 보다.'

얼마 후면 일본에서 후쿠시마 사태가 벌어질 것이다. 노형진은 그걸 막을 생각도 없었고 막을 수도 없었다. 자신이 일본에서 후쿠시마 사태가 벌어진다고 하면 미친놈 취급이나 더 받겠는가?

'솔직히 도와주고 싶지도 않고.'

일본은 그 사건이 터진 이후에 끊임없이 한국을 도발했다. 전쟁 국가로 법을 바꾸고 병력을 키우면서 말이다.

'오죽하면 일본이 한국을 대상으로 전쟁한다는 소리까지 있었겠어.'

일본은 방사능에 오염되어 살 수 없는 땅이 되었다. 그런 상황에서 일본인들이 대피할 수 있는 곳은 어디일까?

사이가 안 좋은 과거 한국처럼 지배하면서 온갖 패악질을 했던 중국?

아니면 역시 사이가 안 좋고 핵미사일을 쥐고 으르렁거리는 러시아?

아니면 엉뚱한 아프리카?

결국 그들이 대피할 수 있는 곳은 한국뿐인지라 한국을 대상으로 전쟁 준비를 한다는 괴상한 소문이 돌기까지 했다.

'뭐, 당연하다면 당연한 건가?'

국내에 문제가 생기면 그걸 덮는 방법은 외부에 적을 만드는 것. 그리고 한국처럼 만만한 나라가 없으니까 한국을 도발할 수밖에.

'그래…… 참자…….'

만일 그때 후쿠시마에 행사를 잡고 친일파 녀석들에게 초청
장을 만들어 보내면 쥐도 새도 없이 죽여 버릴 수 있다. 해일에
안 죽어도 방사능을 뒤집어써서 고통스럽게 죽어 갈 것이다.

'아서라……. 그래도 변호사인데.'

노형진은 진짜 대량 학살하고 싶은 마음을 꾹 참으면서 그
들을 바라보았다.

"저들이 뭐라고 할까요?"

"뭐, 뻔하지요."

저들이 어떻게 나올지는 너무나 당연했다. 그리고 그걸 뒤
집는 것이 자신의 일이었다.

"자, 그럼 재판을 시작해 볼까요?"

"친애하는 재판장님, 이 사건에서 원고들은 사전에 위험
을 동의하고 그 책임을 지겠다는 동의서를 썼습니다. 이미
제출한 증거에 같이 원고들이 그 책임을 지겠다는 동의서를
실험을 시작한 이상 그것은 본인들의 책임입니다."

이재곤은 재판이 시작되자마자 노형진의 예상대로 모든
것을 원고, 즉 피해자들에게 뒤집어씌우기 시작했다.

'한 치의 예상도 안 벗어나는구만.'

지금까지 그래 왔다. 저들은 동의서를 써 준 이상 그들의 책임이라 우겼고, 전관의 지원을 받은 재판부는 그들의 편을 들어 줬다.

'하지만 전관은 없다 이거지.'

전관은 없다. 이미 전관들이나 법 쪽에 힘을 쓸 수 있는 사람들에게 다 손써 놔서 학을 떼면서 빠져나간 것이다.

"그 동의서를 썼다는 것은 인정합니다. 하지만 그 동의서의 어디에도 사망이나 영구적 신체장애가 남을 수 있다는 말은 없습니다."

"의학 실험인데 당연히 그 정도 위험성은 생각해야 하는 거 아닙니까?"

"재판장님, 이 사건에서 원고들은 의사가 아닙니다. 일반적으로 실험에 동의해서 협조했다고 하지만 그건 어디까지나 상식적인 수준에서의 실험을 생각해서 한 겁니다."

"상식이라는 건 사람마다 다 다른 겁니다."

"상식이라는 건 사람이 공통적으로 생각하는 겁니다. 사람이 다 다르게 생각하는 걸 상식이라고 하지는 않습니다."

"상식이라는 건 결국 배운 대로 생각하는 건데 우리나라에서는 그게 상식입니다."

결국 보다 못한 무태식이 벌떡 일어나면서 소리를 질렀다.

"야, 이 새끼야! 너 한국인이잖아!"

이재곤은 얼굴을 찌푸렸다.

"맞습니다. 제가 태어난 곳은 한국인입니다. 하지만 여기에는 일본 측 변호사로 와 있는 겁니다."

"이 새끼가 증말!"

"자, 자, 원고 측 변호인, 진정하세요."

그가 계속 말을 흐리는 것을 보다 못한 무태식이 화를 내자 판사는 어쩔 수 없이 그를 말렸다.

"아오……."

"진정하세요. 다 예상했던 일 아닙니까?"

노형진은 그런 이재곤을 보면서 이를 빠드득 갈았다.

'저 새끼는 아직도 저러는군. 아니, 아직도가 아니라 원래였군……'

원래 노형진이 이재곤을 만난 것은 미국에서였다. 미국에서 벌어진 위안부 소녀상 철거 소송. 그 소송에서 이재곤은 소송 당사자로서 참가했었다. 그런 일은 없다고 딱 잡아떼는 일본으로서는 법원에서 자신들에게 동의해 줄 한국인이 필요했는데, 그게 이재곤이었던 것이다.

물론 노형진이 과거 그의 친일 이력을 증명해 내면서 사실상 일본의 사주를 받은 거라는 사실을 증명해 내면서 그의 증언을 무력화시켰지만 말이다.

'그때부터였지.'

이상하게 일본과 트러블이 생기면 나타나는 것이 이재곤

이었다.

'악연이지.'

어쩌면 당연한 거다. 일본이 원칙적으로 밀어주는 것은 이재곤이었고, 미국에서 한인 사회에서 가장 유명한 한인 변호사는 자신이었으니 그 둘 사이에 문제가 생기면 만날 수밖에.

"아오…… 썅……. 그렇게 일본이 좋으면 일본으로 국적을 바꾸든가."

무태식은 이를 박박 갈았다.

"그럴 리 없죠. 그러면 자기 특혜가 없어지는데."

"네?"

"저 녀석은 한국과 일본의 소송, 특히 역사적 분쟁 같은 게 생기면 일본 측에서 꼭 쓰는 놈입니다. 한국인도 이렇게 생각한다는 일종의 상징적인 놈이거든요."

"설마?"

"네, 그런데 한국 국적을 포기하고 일본 녀석이 된다면 그때는 그런 상징성이 사라지죠. 그러면 일본에서 쓸 리 없어요."

"이런 개 같은……."

"원래 개 같은 놈이 돈을 더 잘 버는 겁니다."

그랬다. 그가 한국 국적을 유지하는 단 하나, 한국인도 한국을 욕한다는 이미지를 보호하기 위해서였다.

"완전 개놈이잖아요?"

"알아요."

"그럼 저 녀석을 죽일 수도 없고."

"걱정하지 마세요. 사전에 준비해 달라는 건 잘하셨죠?"

"네."

"그럼 된 겁니다."

노형진은 미소를 지으면서 앞으로 나섰다.

'네가 그렇게 말꼬리를 잡을 거라 생각했지.'

저 녀석의 특기가 바로 말꼬리 잡기다. 지금 상식이라는 단어로 말꼬리를 잡아 가면서 시간을 끄는 것이다.

"상식이란 상대적인 겁니다, 일본에서는 상식적으로 다케시마가 일본 땅이라는 것을 알고 있지만 한국이 무단 점유한 것처럼."

"이봐요, 원고 측 변호인. 재판과 관련 없는 이야기 하지 마세요."

"죄송합니다. 상식이라는 것에 대해 말하다 보니……."

그는 그렇게 말하면서 미소를 지었다.

'역시 그렇군.'

저 녀석은 지금 이 재판을 하면 진다는 것을 알고 있다. 사회적으로 여론도 좋지 않은 데다 그로 인해 자신들의 가장 강력한 힘인 전관 변호사들도 쓰지 못했다.

'시간을 끌어 보시겠다?'

저 녀석이 저런 식으로 꼬투리를 잡는 것은 시간을 끌어서 사람들이 이 사건을 잊게 만들기 위해서다. 당장 1년만 지나면 사람들은 이번에 일어났던 일을 잊어버린다. 그리고 그때는 부담 없이 전관을 쓰거나 판사에게 뇌물을 쓸 수도 있다.

'그러면 그다음부터는 일사천리지.'

이렇게 집단소송에서 한번 자신들이 이긴 판례를 만들어내면 그다음부터는 소송이 들어와도 이길 것이다.

'시간을 끌겠다라. 그리고 뒤에서 꼼수를 부리겠지. 내가 네가 하는 짓거리를 한두 번 보는 줄 아냐? 안 봐도 비디오다, 후후후.'

노형진은 피식 웃었다.

"원고 측 변호인, 뭐가 그렇게 우스워요?"

이재곤은 노형진이 아까부터 웃고 있자 기분 나쁜 듯 노려보면서 물었다.

'젠장…… 저 웃음 거슬려.'

마치 자신이 뭔가를 할지 알고 있다는 웃음. 그게 자신의 신경을 계속 건드리고 있었다.

'그래, 네가 어쩔 거냐?'

시간을 끌면 로비가 들어갈 걸 알기에 그는 애써 미소를 지었다.

'조금만 더 시간을 끌면…….'

이미 판사에게도 로비가 들어간 상황이다. 전관은 눈치를 보느라 안 한다고 하지만 어차피 로비는 불법이다. 그러니 판사도 지금 자신이 말도 안 되는 주장을 해도 들어줄 것이다.

"재판장님."

"뭡니까?"

"재판관 기피 신청을 하고자 합니다."

"뭐?"

"뭐라고요?"

순간 사람들은 웅성거리기 시작했다. 재판관 기피 신청이란 그 재판관이 재판에 공정하지 못할 가능성이 농후한 경우, 그 재판관이 아닌 다른 사람으로 바꿔 달라고 요청하는 것을 말한다.

"원고 측 변호인, 장난해요?"

문제는 그 대상이 되는 재판관의 기분이 무척이나 나빠진다는 것이다. 하물면 당사자의 면전에서 신청하다니.

판사는 온갖 얼굴을 찌푸리면서 노형진을 노려보았다.

"재판은 공정해야 합니다. 하지만 그 공정성이 훼손되었다면 정당한 다른 재판관에게 재판을 받는 것이 중요하다고 생각합니다."

"그게 무슨 소리입니까? 공정성이 훼손되었다는 보장이 어디 있어요?"

"진짜로 말해도 됩니까?"

"뭐라고요?"

순간 재판관은 움찔했다.

노형진의 입은 웃고 있었다. 빙긋 웃는 미소.

하지만 눈은 무엇보다 차갑게 그를 바라보고 있었다.

'망할……'

이 경우 그의 의견을 들어 주면 자신이 양심에 찔린다는 짓을 했다는 증거가 된다. 반대로 그 말을 안 들어 주면 상대방이 무슨 증거를 가지고 있는지 모르지만 그걸 공개할 테니 자신에게 심각한 타격을 줄 수도 있다.

'과연……'

노형진은 그를 흥미로운 시선으로 바라보았다. 약간의 손해를 보고 피할 것이냐, 아니면 정면 돌파를 시도할 것이냐.

"공개하시죠. 도대체 날 모욕한 이유가 뭔지. 만일 정확하지 않다면 허위 사실 유포와 법정 모독 죄로 당신을 체포하겠습니다."

이를 박박 가는 판사. 그리고 그걸 본 노형진은 혀를 쯧쯧 찰 수밖에 없었다.

'거참, 살려 준다고 해도 지랄이야.'

저쪽에서 이렇게 나올 거라고 예상한 이상, 그 대응책을 세우는 것은 어려운 것이 아니다.

"원하신다면요. 어차피 경찰서로 들어갈 테니까 한번 봐 두시는 것도 좋지요."

"뭐라고?"

"무슨 개소리를 하는 거야?"

노형진은 몇몇 사진을 꺼내서 사람들에게 보냈다. 그건 어떤 집으로 커다란 화분이 배달되는 모습이었다.

"뭐야? 화분이잖아?"

"그게 뭐?"

사람들은 이해하지 못했다. 커다란 화분을 배달해 주는 것
은 흔한 일이기 때문이다.

"자, 이 사진을 보시면 몇 가지 사실을 알 수 있습니다. 첫
번째, 이 화분을 배달한 꽃 가게의 이름입니다. 이 꽃 가게의
이름은 '그린 마일'입니다. 인터넷에서 그린 마일이라는 꽃
가게를 찾아보죠. 보이십니까?"

인터넷에서 나타난 것은 그 주소였다. 노형진은 노형진은
인터넷에서 꽃 가게의 주소를 검색해 사람들에게 확인시켜
주고 난 뒤 다시 뭔가를 찾았다.

"그다음에는 그와 비교할 수 있는 주소를 하나 확인해야 합니
다. 그린 스타 한국 지사의 주소를 인터넷에서 찾아보면······."

"어?"

사람들은 그걸 보고 뭔가 이상하다는 것을 느꼈다.

"주소가 똑같아?"

"네, 그린 마일과 이번 사건의 당사자인 그린 스타의 주소지
가 똑같습니다. 쉽게 말해서 사내에 오픈한 화원이라는 거지요."

판사는 아차 싶었다. 받는 것만 안 걸리면 된다고 생각했
지, 설마 주소를 비교할 거라고는 생각도 못 했기 때문이다.

'후회할 거다.'

노형진은 그냥 물러났으면 모를까, 물러나지 않은 이상 그

냥 넘어갈 생각이 없었다.

"그리고 이 배달하는 수종을 봐야 합니다. 이 배달하는 수종은 일종의 열대 나무입니다. 열대성 나무로 빠르게 자라는 것이 특징이며, 3년이면 최대 5미터까지 자라납니다. 아주 크죠. 집 안에서 키우기는 곤란한 수종입니다. 그렇다고 열대성 나무를 바깥에 심어서 키울 수는 없지요. 안 그렇습니까, 재판장님?"

노형진은 슬며시 재판장을 바라보았다. 재판장은 이미 진땀을 흘리고 있었다.

'이런 씨발…….'

설마 자신을 보고 있을 거라 생각하지 못했던 것이다.

'멍청하긴.'

노형진은 속으로 피식 웃었다. 그린 스타와 이재곤이 이기기 위해선 이제 판사에게 로비하는 것밖에 방법이 없다. 그런데 자신이 판사를 그냥 둘 리 없지 않은가?

'그렇다고 저런 인간에게 로비하고 싶지도 않고.'

돈 때문에 자국민을 마루타로 밀어 넣는 녀석들을 용서하려고 한 녀석이다. 그런 녀석을 봐주고 싶은 생각이 전혀 없었다.

"나무야…… 받을 수 있지요."

"그럼요. 솔직히 이 수종의 가격이 한 20만 원대로 그다지 비싼 것은 아니거든요. 하지만 그걸 받자마자 버리는 건 예의가 아니지 싶은데요."

"뭐라고요?"

"다음 증거를 봐 주시기 바랍니다."

노형진은 다른 사진을 꺼내서 사람들에게 공개했다. 거기에는 버려진 나무와 화분이 바닥을 나뒹굴고 있었다.

"선물로 받은 나무 아닌가요? 그걸 받자마자 바로 다음 날 버린다는 게 말이 되나요?"

"그거야 마음에 안 들면 그럴 수도 있지."

자신도 모르게 반말로 변명하는 재판관.

노형진은 끄덕거렸다.

"확실히 맞습니다. 선물로 받은 것이 마음에 들지 않는 경우 그걸 교환하거나 환불하는 것은 당사자의 선택입니다. 선물한 경우 소유권은 상대방에게 넘어가니까요."

"그래서…… 고작 그것 때문에 지금 날 모욕하는 겁니까?"

판사의 말에 노형진은 씩 웃었다. 그 말이 기분 나빠서 하는 게 아니라 자신의 상황을 알아채고 어떻게 해서든 벗어나기 위해서 하는 것임을 알고 있었기 때문이다.

'이미 늦었다.'

노형진은 다시 한 번 바닥에 나뒹구는 나무와 화분을 사람들에게 보여 줬다.

"자, 여기서 이상한 거 못 느끼십니까?"

"이상한 거?"

"모르겠는데요?"

다들 고개를 갸웃했다. 그들이 보기에는 단순히 버려진 나무와 화분일 뿐이다.

"보통 사람들은 버릴 때 통째로 버립니다. 쓸데없이 화분과 나무를 따로 분리해서 버리지는 않지요."

"그건 분리수거 문제도 있을 수 있잖습니까?"

노형진은 고개를 끄덕거렸다. 현재 분리수거는 철저하게 지켜지는 편이니 말이다.

"진짜로 이 사진에서 이상한 거 모르시겠습니까?"

사람들은 고개를 갸웃할 뿐이었다. 자신들의 관찰력으로는 뭐가 바뀐 것인지 알 수가 없었기 때문이다.

"화분과 나무는 바로 버렸습니다. 그런데 흙은 어디로 갔을까요? 이 옆에 비닐 봉투에 들어 있는 흙의 양은 터무니없이 적습니다. 그럼 나머지 흙은 어디로 갔을까요?"

"……!"

"맞다! 흙!"

분명 상당히 큰 화분이 배달됐다. 더군다나 그렇게 크게 자라는 나무는 화분도 크니 상당한 양의 흙이 들어가 있어야 한다. 하지만 쓰레기 쪽을 아무리 살펴봐도 흙은 보이지 않았다.

"커다란 화분이 배달됐는데 다음 날 버려졌고 그 안에 흙도 없었다면 도대체 어떻게 생각해야 할까요?"

사람들의 시선이 한 방향으로 향했다. 바로 판사였다.

그러나 판사는 생각지도 못한 날카로운 공격에 아무런 말도 못 하고 멍하니 노형진을 바라볼 뿐이었다.

"이…… 이런…….."

이재곤은 당황했다. 이렇게 생각지도 못한 반격은 처음이었기 때문이다.

한국 변호사들은 재판을 하면 일단 자신을 공격한다. 그러면 그걸 꼬투리 잡아 시간을 끌면서 로비하는 것이 자신의 스타일이었다. 그런데 로비 대상을 공격할 줄이야.

'내가 바보인 줄 아나?'

노형진은 미소를 지으면서 판사를 바라보았다.

"이제 이 집이 어디인지 확인하는 것이 중요하겠지요. 이 집의 주소를 인터넷을 치고 로드 뷰로 정확한 위치를 확인하면……."

"잠깐."

판사는 창백해진 얼굴로 벌떡 일어났다.

"휴정하겠습니다."

"휴정?"

다들 의심의 눈초리로 판사를 바라보았다. 아니, 다들 확신하고 있었다.

"다음 변론 기일은 따로 결정되면 알려 드리겠습니다."

서둘러서 자리를 뜨는 판사.

그는 나가면서 노형진에게 눈짓했다. 그러자 노형진은 미소를 지으면서 고개를 끄덕거렸다.

"장난하나?"

"장난이 아닙니다. 아까 공개라고 하셨잖습니까?"

"이익…….."

판사는 이를 박박 갈았다.

'이럴 줄은 몰랐겠지?'

끼리끼리 붙어 먹는 경향이 심한 대한민국 법조계에서 설마 자신을 공격할 거라 생각하지 못한 판사였다. 그리고 이재곤 역시 비슷한 생각을 그런 작전을 짰고 말이다.

'멍청한 놈들.'

하지만 그건 과거 이야기다. 과거에는 사법연수원 출신으로 모두 동문이지만 로스쿨이 생기면 그마저도 아니다.

"조건이 뭔가?"

"네? 무슨 말씀이신지……?"

"그 사건을 덮는 조건 말일세."

"덮는 건 이미 늦은 것 같은데요?"

"아직은 고소된 게 아니지."

판사는 이를 박박 갈았다. 노형진이 거기서 증거를 공개한 이유가 있다고 생각했기 때문이다.

"뭐, 공정한 재판이랄까요?"

"공정한 재판?"

"네, 그것만 보장하면 이 자료는 경찰에 넘기지 않겠습니다."

이 자료가 넘어가지 않으면 경찰이 그를 조사할 이유가 없다.

"그리고 당당하게 물러날 이유가 생기지 않았습니까?"

'그게 목적이었군.'

만일 이걸 조용히 이야기했다면 그는 물러나지 않았을 것이다. 하지만 그걸 재판정에서 공개했기 때문에 그는 물러났다.

"이후의 일은 각오한 건가?"

"무슨 각오요?"

"돈을 돌려줘야 하는 사태 말일세."

노형진은 고의적으로 마치 몰랐다는 듯 눈을 크게 뜨고 바라봤다.

"돈 받으셨습니까?"

"뭐? 하…….."

"전 그냥 정황증거만 가지고 있었습니다만?"

"이…….."

"그 정도면 솔직히 아무런 힘도 없지요. 안 그렇습니까?"

판사는 기가 막혔다. 듣고 보니 그렇다.

'그건 그러네.'

노형진이 가진 것은 직접 증거가 아니라 정황증거다. 즉, 확실한 증거가 안 된다. 그를 기소할 수준이 아닌 것이다.

그게 경찰이나 검찰에 넘어가면 수사는 하겠지만 아직 정황증거이니 노형진이 주지 않는다면 그들이 수사를 할 리 없다. 아직은 자신의 힘으로 수습할 수 있는 수준이다. 그럼 자신은 부담이 될 게 없다. 돈도 안 돌려줘도 되고 흔적도 안 남는다. 소문이야 금방 사라지니까. 당연히 노형진과 새론에 악감정을 가질 필요가 없다.

물론 아예 못 가지지는 않겠지만 그 규모를 봐서는 섣불리 악감정을 가질 이유는 없다. 어차피 자신도 나가서 변호사를 해야 하는데, 새론은 그때는 자신을 묻어 버릴 수 있는 파워를 가지고 있는 곳이다.

'이놈…….'

판사는 갑자기 등골이 오싹해졌다. 마치 모든 것이 미리 준비된 것처럼 완벽하게 맞아떨어지는 상황.

"다음 판사님한테 잘 이야기해 주세요."

노형진이 웃으면서 나가자 그는 한숨을 쉴 수밖에 없었다.

"괴물이라더니…….'

그는 마치 부처님 손바닥 위에서 놀아난 기분이었다.

⚖

"친애하는 재판장님, 상식이라는 건…….'

"피고 측 변호인, 지난번에도 경고했습니다. 쓸데없는 말로 시간 끌지 마세요."

"네……."

이재곤은 풀이 죽었다. 도무지 이빨도 안 들어간다. 사전에 경고받은 새로운 판사는 그가 시간을 끄는 것도, 로비도 용납하지 않았다.

"더 이상 할 말 없습니까?"

"없습니다."

"피고 측은?"

"이번 사건은 모두가 동의한 것이고…….."

"아까 말했지요, 쓸데없는 말 하지 말라고."

"…….."

또다시 시간을 끌어 볼까 하던 그는 말문이 막혔다.

'젠장.'

직접적으로 안 된다면 다른 사람에게 로비해서 압력이라도 행사해 보려고 했는데 상대방은 그럴 틈을 안 주고 있었다.

"더 이상 추가적으로 제출할 증거가 없으면 다음 기일에 판결하겠습니다."

"젠장!"

"피고 측 변호인! 여기 신성한 재판정입니다! 그런데 젠장 이라니요!"

"아…… 죄송합니다."

기가 막혀서 자신도 모르게 육성으로 내뱉은 이재곤은 얼굴을 사정없이 찡그리면서 노형진을 노려볼 수밖에 없었다.

"이겼네요."

노형진은 무심하게 판결문을 보면서 한숨을 쉬었다.

"왜 그러세요?"

"이제 시작이니까요."

이번 판결은 정치적 부담으로 이뤄 낸 판결이다. 물론 상대방은 다시 항소할 것이다. 재수없으면 상위에서 뒤집힐 수도 있다.

"하지만 다시 한국 사람들을 마루타로 취급하지는 못할 겁니다."

이번 사건으로 임상 실험이라는 빌미로 실질적으로 생체실험을 당하는 사람들에 대한 정보가 세상에 알려졌고, 정부에서는 동일한 사태가 벌어지지 않게 하기 위해서 새로운 법을 만든다고 한다. 일단 노형진의 목적은 성공한 것이다.

"그렇게 왜 그렇게 표정이 안 좋으세요?"

"그냥 이번 사건은 대한민국의 더러운 면을 심각하게 봤습니다. 문득 이런 생각이 드네요. 우리가 이렇게 한다고 바뀔까 하는……."

무태식은 한숨을 쉬었다.

"그럼 어쩝니까? 한 방에 나아지는 것도 아니고."

"하아."

노형진은 더욱 깊은 한숨을 쉴 뿐이었다.

인간의 가격

"네? 일요?"

노형진은 아버지인 노문성으로부터 일이 있다는 소식을 듣고는 고개를 갸웃했다.

"무슨 일요?"

"여기에 교통사고가 났다. 그런데 내가 봐서는 여러모로 이상해서 말이지. 네가 좀 와서 확인해 줘야겠다."

"아니, 교통사고면 그쪽에서 알아서 하겠지요."

교통사고가 나면 당연히 보험회사에서 처리할 일이지, 그가 끼어들 일이 아니다. 더군다나 요즘 점점 사건이 많아져서 바쁜 와중에 아버지가 계시는 시골까지 갈 시간이 없었다.

"사망 사건이야."

"사망요?"

사망이라는 말에 노형진은 잠깐 고민했지만 여전히 자신이 갈 일은 없었다는 것이 결론이었다.

"그건 보험회사와 경찰이 알아서 할 일인데요? 설마 그걸 변호해 달라고 하시는 건 아닐 테고."

물론 노형진이 변호사로서 변호하는 거야 당연하다. 하지만 그렇게 시골에 있는 것까지 변호해 줄 수는 없다. 심지어 아버지가 계신 곳은 새론의 지부조차도 없는 곳이 아닌가?

"단순 사망 사고면 그렇지. 그런데 아무리 봐도 이 사건은 뭔가 이상하구나."

"이상하다니요?"

"이 근처에 있는 상가촌으로 가는 트럭이 사고를 냈는데 피해자가 죽었거든."

"그건 아까도 말씀하셨잖아요."

"그런데 아무리 봐도 이건 사고가 아닌 것 같아."

"네?"

노형진은 고개를 갸웃했다. 교통사고로 사람이 죽는 거야 흔하게 벌어지는 일이다. 그런데 사고가 아니라니?

'누군가 사고를 위장해서 죽였다는 건가?'

노형진은 고개를 갸웃했다.

'그건 아닌데.'

아버지가 그곳에 내려간 것은 투자나 투기가 목적이 아니라 은퇴한 김에 조용히 살고 싶어서다. 그런 만큼 주변에 고의적으로 죽일 만큼 원한을 가진 사람이 있기 힘들었다. 사실 그곳에 사는 사람들이야말로 그대로 촌로라고 할 만한 사람들 아닌가?

"뭐, 그곳에 아버지처럼 조용히 내려온 사람이었어요?"

"그건 아냐. 서른 살 정도 된 동네 사람이다."

"그런데 사고가 아니라니요?"

"그러니까 와 달라고 하는 거 아니니."

"흠…….."

노형진은 잠시 고민했다. 뭔가 애매하기는 하다. 죽은 사람은 그냥 평범한 사람인데 말이다.

"도대체 왜 그렇게 생각하시는 거예요?"

"그냥…… 뭔지 모를 위화감이 느껴지는구나."

"위화감요?"

"그래."

"그래도 바쁜데…….."

노형진은 도무지 갈 수가 없을 것 같아서 거절하려고 했다. 세상은 넓고 사건은 많다. 자신이 할 수 있는 것에는 한계가 있으니 자신의 주변에서 할 수 있는 일을 먼저 해야 한다. 중요도로 사건의 우선순위를 가리는 것은 아니지만 하여간 자신이 거기까지 갔다 오는 게 시간적으로 손해인 것은 사실이다.

"그 사고를 낸 사람이 성화 출신인데도?"

"네에?"

노형진은 약간 멈칫했다.

성화. 자신과 돌이킬 수 없는 악연으로 맺어진 곳.

"그곳이 왜요?"

"그 공사를 하는 곳이 다름 아닌 성화건설이다."

"성화건설이라……."

노형진은 얼굴을 찌푸렸다.

'그러고 보니 성화에도 건설이 있기는 했지.'

성화건설은 규모가 작다. 거대 기업들의 전쟁터라는 건설 쪽에 아파트 경기가 좋다는 이유로 뒤늦게 뛰어든 데다가 성화의 직계가 운영하는 형태도 아니다. 당연히 거대 아파트 쪽은 그다지 실적이 없었고 보통 상가 건물 쪽에 많이 영업을 하고 있었다.

'실적이라고 해 봐야 대룡에 한 방 먹인 것 정도인가?'

물론 직접 지은 아파트가 없는 것은 아니다. 하지만 아직은 상가 정도에 머물러 있는 것이 현실이다. 그나마 머리 잘 쓰는 사장이 대룡건설에 들어갈 재료를 바꿔치기해서 방사능 아파트를 밀어 버리고 새로 만드는 덕분에 대룡이 큰 피해를 본 적이 있었다.

'그때는 내가 보복해 주기는 했지만.'

하여간 그 일 때문에 성화에도 건설사가 있다는 것을 알게 되었다.

'흠…… 성화라…….'

노형진은 곰곰이 생각에 빠졌다. 이런 사건은 다른 사람을 보내도 되기는 하다.

'그런데 성화를 언급했단 말이지.'

아버지는 자신과 성화의 관계에 대해서 알고 계신다. 그렇다는 것은 그렇게 해서라도 자신을 불러오고 싶다는 소리였다.

'뭐, 잠깐 시간을 내 볼까?'

아무리 그래도 아버지가 부르는데 안 간다고 하기는 죄송했기 때문에 노형진은 고개를 끄덕거렸다.

"그러면 그쪽으로 갈게요."

"가능하면 빨리 오면 좋겠구나."

"지금 바로 출발하지요."

노형진은 전화를 끊고 출발하려다가 멈칫했다.

'그래도 전문가 한 명은 있어야 하지 않을까?'

그는 일어나려다가 멈칫했다. 자신은 법률 전문가이지, 교통사고 전문가는 아니다. 물론 법적으로 싸울 수는 있지만 그 장소에 가서 살피는 데에는 한계가 있다.

'교통사고는 기억을 읽는 데에 한계가 있고…….'

자신이 기억을 읽는 대상은 직접 접촉한 경우에 해당된다. 이 경우 자신이 읽을 수 있는 대상은 자동차 정도일 것이다.

문제는 사고 난 사람이 차량에 접근시켜 주지 않을 거라는 것이다. 더군다나 상대는 성화다. 성화에서 미쳤다고 자신을 사고가 난 차량에 접근시켜 주겠는가?

결국 노형진은 다른 전문가를 찾아보기로 했다.

"여보세요? 고 팀장님, 저 노형진입니다."

─어쩐 일이십니까?

전화기 너머로 들리는 고문학의 목소리.

"혹시 손해 사정인 아시는 분 계십니까?"

─손해 사정인요? 어떤 쪽요?

"차량 사고요."

─있기는 합니다만. 아무래도 교통사고 쪽도 자주 들어오니까요. 연락처 드릴까요?

"네, 주세요."

손해 사정인이란 이런 차량 사고가 난 후 그것을 분석해서 그 쌍방 과실과 손해 정도를 판단해서 배상을 결정하는 사람을 말한다. 그리고 법적으로 보험회사에서는 그런 사람을 고용하여 사건을 분석하고 판단하도록 되어 있다.

'그런데 그 새끼들을 믿을 수가 있어야지.'

문제는 법적으로 손해 사정인을 고용하게 되어 있어서 그들의 일자리를 만들어 줄 수 있는 건 좋긴 하지만, 그로 인해 그 일자리를 얻기 위해서 손해 사정인들이 보험사에 유리하게 판단해 버린다는 것이다. 그렇기 때문에 큰 사건의 경우에는 이런 외부에서 일하는 손해 사정인이 있어야 한다. 그래야 사고 현장을 보고 판단해서 제대로 분석한다.

"이 번호인가?"

노형진은 전화번호가 문자로 오자 바로 그곳으로 전화해 약속을 잡고 움직였다.

⚖️

"이곳이다."

"흠……."

노형진은 그곳에 도착해서 현장을 보고 얼굴을 찌푸렸다.

"잘 모르겠는데요?"

"그렇지?"

"아니, 그런데 왜 저더러 오라고 하신 거예요?"

"그러니까 뭔지 모르겠는데 뭔가 이상해서 말이다."

"그런가……."

노형진은 다시 한 번 현장을 살폈다.

새벽에 횡단보도를 지나가는 사람을 화물 운송용 대형 트럭이 친 사건이다. 그 사람은 즉사했는데, 그게 사건의 끝이었다.

'스키드 마크도 정상이고.'

스키드 마크는 급작스러운 상황에 급브레이크를 밟으면 타이어가 타면서 길게 검은색 흔적을 남기는 것을 말한다.

그게 남아 있다는 것은 브레이크를 밟았다는 것이다.

'환자는 사망했고.'

그리고 환자가 사망한 곳에서 그려진, 아직도 지워지지 않은 핏자국과 하얀 분필의 선.

빵빵.

그 순간 옆에서 들리는 소리에 노형진과 노문성이 고개를 돌리자 거기에는 한 사람이 차의 창문으로 고개를 빼꼼 내밀었다.

"혹시…… 노형진 변호사님?"

"맞습니다."

"아이고, 반갑습니다. 진성만이라고 합니다. 연락을 받고 부랴부랴 왔는데 늦었네요."

"여기가 좀 찾기 힘든 길이지요. 갑작스럽게 와 달라고 해서 죄송합니다."

"아닙니다. 하하하…… 별말씀을요. 사고가 시간이랑 장소를 따져서 일어납니까? 저희야 언제든 뛰어 나가야지요. 하하하."

진성만은 고문학이 소개해 준 손해 사정인이었다. 이 바닥에서는 제법 유명한 사람이라고도 했다. 경험도 풍부하고 말이다.

"아무래도 교통사고라는 게 사람이 다니는 곳에서 나는 거라 흔적이 사라지기 전에 확인하는 게 중요하거든요."

이것이 법이다

그러면서 일단 사진기부터 꺼내 드는 진성만.

"무슨 사건입니까?"

"사망 사고입니다. 트럭에 보행자가 부딪힌 사건이라는데요?"

"음…… 흔하다면 흔한 사건인데요."

"일단 보시죠."

"그렇죠."

노형진은 진성만을 데리고 사건 현장으로 향했다.

진성만은 도착하자마자 연신 사진을 찍었다. 나중에 분석해도 되지만 당장 비라도 내리면 모든 흔적들이 사라지기 때문이다.

그렇게 한참 사진을 찍은 그는 주변을 둘러보면서 이것저것 확인하기 시작했다.

"역시 이상하군요."

"이상?"

노형진은 고개를 갸웃했다.

"위화감 못 느끼시겠습니까?"

"위화감이라……."

노형진은 다시 주변을 살폈다. 위화감을 느끼기 위해서였다.

'위화감……이라…….'

노형진은 그렇게 말하면서 주변을 보다가 도로 한복판에 남아 있는 진흙을 발견하고는 고개를 갸웃했다.

"이게 좀 이상하군요."

"진흙이?"

노문성은 그게 왜 이상한 건지 고개를 갸웃했다.

"역시 대단하시네요, 따로 훈련을 안 받으셨는데도 바로 알아보시다니. 전 이런 걸 찾기 위해 족히 1년은 걸리도록 훈련받았는데 말이죠."

"이 진흙이 왜?"

노문성은 고개를 갸웃했다. 여기는 농촌이고 사방에 진흙이 떨어지는 곳이다. 딱히 이상할 게 없는 것이다.

"아니, 오는 길에서는 못 본 것 같아서요. 그리고 이 진흙의 흔적을 봐서는 커다란 바퀴에서 떨어진 것 같은데 이런 곳에 그런 커다란 차량이 많이 다닐 것 같지는 않네요."

노형진은 말하자 진성만은 고개를 끄덕거리면서 그에게 다가왔다.

"맞습니다. 대단하시네요. 아마 이 진흙이 주요 증거가 될 것 같군요."

"주요 증거라……."

사진을 찍으면서 중얼거리는 진성만.

그사이 노형진은 주변을 다시 꼼꼼히 확인했다.

'역시 이상해.'

진흙은 피해자의 앞뒤로 묻어 있었다. 그렇다는 것은 사고가 난 차량의 바퀴에 묻어 있었다는 뜻이 된다.

'그렇다면 왜 오는 길에는 흔적이 남아 있지 않은 거지?'

오는 길이 좀 거칠기는 하지만 그래도 포장이 잘되어 있는 도로다. 그 바퀴에 흔적이 남아 있어야 했다.

"이쪽으로 와 주시겠습니까?"

노형진이 주변을 보는 사이 진성만은 노형진을 불렀다.

"진흙을 찾으시는 거죠?"

"네? 아, 네."

"아마 여기서 묻은 진흙일 겁니다."

그는 길 한쪽으로 노형진을 불렀다. 그리고 그곳을 확인시켜 줬다.

"흙이네요?"

"네."

"이 흙이 저거라고요?"

"아마 그럴 겁니다."

"흠?"

노형진은 이해하지 못하겠다는 듯 고개를 갸웃했다. 그러다가 한 가지 가능성을 생각하고는 얼굴을 찌푸렸다.

"설마……."

아버지가 말한 것. 죽인 것 같다는 것.

"아버지, 그 죽였다는 생각이 왜 드신 거예요?"

"응? 그런 말한 적 없는데?"

"사고가 아닌 것 같다면서요? 그러면 죽였다는 말밖에 더 돼요?"

"그거야……."

노문성은 잠깐 생각을 하다가 고개를 끄덕거렸다.

"사실은 여기서 그걸 느낀 건 아니고 합의 문제로 왔을 때 느꼈단다."

"합의 문제로?"

"사고가 나고 바로 다음 날 합의하러 왔더구나. 무려 2억이나 주겠다고 합의서에 도장을 찍어 달라고 하더구나."

"2억요?"

"그래."

"흠……."

빠른 대응이다. 그런데 뭔가 이상했다.

'2억이라…….'

노형진은 조용히 생각에 잠겼다. 2억……. 적은 돈은 아니다.

'그런데 성화가 그렇게 줄 리 없는데.'

노형진이 그렇게 생각하고 있자 진성만이 옆에서 얼굴을 찌푸렸다.

"2억요?"

"그래요. 적은 거예요?"

고개를 갸웃하는 노문성. 그들의 행동이 이상하기는 했지만 자신의 생각에 그건 보통 일반적인 기준이었기 때문이다.

"아니요. 보통 2억에서 3억 정도 하기는 하죠. 그게 현실이고. 그런데 제가 이상하다고 느낀 건 그렇게 빨리 대응하는 경우를 본 적이 없기 때문이에요."

"하긴 나도 그래서 뭔가 이상하다는 느낌이 들었거든."

노문성도 사회 경험을 해 본 사람이다. 당연히 대기업이 그렇게 빨리 뭔가를 해결하려고 하는 집단이 아니라는 것쯤은 알고 있다. 더군다나 해결하려 하더라도 최대한 돈을 주지 않으려고 하지, 일반적인 손해배상금인 2억을 떡하니 내놓는다?

'말도 안 돼.'

다른 곳도 아니고 성화가 그럴 리 없다는 것쯤은 노형진도 알고 있었다.

"그래서 이상하게 생각하셨다고요?"

"그래. 이상하지 않니?"

"흠, 이상하기는 하네요."

노형진은 다시 한 번 그 지역을 바라보았다. 그 순간 그의 머릿속에 떠오르는 한 가지 기억.

'설마……'

한 가지 가능성이 있다. 하지만 그건 진짜로 인정하고 싶지 않은 말이다. 문제는…….

'그런 일이 진짜로 벌어진다는 거지.'

노형진은 한숨을 쉬면서 노문성을 바라보았다.

"혹시 그분, 어떤 분이신가요?"

"응?"

"아니, 이런 곳은 서른 살 먹은 남성이 올 만한 곳이 아니라서요."

"여기가 무슨 범죄자 집단이 사는 곳은 아니잖니?"

"그거야 그렇지요. 하지만 일반적으로 이런 시골에 젊은 사람은 안 오잖아요?"

고개를 끄덕거리는 노문성이었다. 자신이 봐도 대한민국에서 그런 일이 벌어질 가능성은 높지 않기 때문이다.

"특용작물을 키운다고 스물다섯 살쯤 왔다고 하더구나. 젊어서 힘도 좋고 사업적 수완도 있고."

"한 해 매출이 얼마 정도 된데요?"

"글쎄…… 그건 잘 모르겠는데."

노형진은 얼굴을 찌푸렸다. 몇 가지 가능성을 생각하면 그가 한 해 매출이 적지 않다는 것을 알 수 있었기 때문이다.

'일단…… 6년 동안 여기에 있었다는 것은 생각보다 수익이 났다는 거야. 그렇지 않다면 여기에 있을 수가 없지. 그리고 이렇게 새벽에 이 도로로 넘어간다는 것은 관리가 세심하게 필요하다는 거고……. 대체할 사람이 많을 수는 없다는 소리지. 특용작물이 생각보다 돈이 되니…… 적지는 않겠네.'

거기까지 생각이 미친 노형진이 한숨을 쉬자 옆으로 다가온 진성만 역시 고개를 흔들었다.

"노 변호사님도 저와 같은 생각이신가 보군요."

"진성만 씨도 그렇게 생각하십니까?"

"네, 흔적을 봐서는요."

"전 법적으로 봤을 때 그 이유밖에 생각이 안 나더군요."

"그럼 결론은 나온 거군요."

흔적도 그렇고 법적으로도 그렇고, 한 가지 결론이 난다는 것은 한 가지 결말로 종결된다는 뜻이다.

"무슨 소리니?"

"이건 사고가 아니라 살인이에요. 그것도 고의적인 살인."

"뭐라고?"

노형진의 말에 노문성은 깜짝 놀랐다. 뭔가 이상하다고 생각해서 노형진을 부르기는 했지만 설마 진짜로 살인일 거라고는 생각하지 않았던 것이다.

"아니, 어째서? 그 사람의 그 특용작물 재배 기술이 탐나서? 성화가 농작물을 키우는 곳도 아니잖아?"

"그게 아니라 다른 이유 때문이죠."

"다른 이유?"

"네."

법적으로 봤을 때 어떤 것이 책임이 더 크냐의 문제가 된다. 그리고 그건 가끔은 터무니없는 결말로 이어지기도 한다. 마치 지금처럼 말이다.

"이런 사건은 산 사람보다 죽은 사람이 더 싸거든요."

"산 사람보다 죽은 사람이 더 싸다고?"

"네, 법적으로 그래요……. 이게 완전히 골 때리는 일이죠."

일반적으로 사고가 나서 사람이 장애를 가지게 되면 일단 손해배상액으로 책정되는 것이 진료비다.

"그런데 사고가 난 대상이 단순 승용차도 아니고 트럭이라면 당연히 상처가 위중하겠지요."

그렇게 되면 장애를 가질 수밖에 없는데 그에 대한 진료비는 평생 1억 넘게 들어간다. 문제는 배상액이 진료비뿐만이 아니라는 것이다.

"일반적으로 그렇게 사고가 나서 장애가 생기면 그 사람이 정상적으로 벌었다고 생각되는 금액까지 배상해 줘야 해요. 뭐, 재판부가 따로 판단하기는 하지만……."

가령 피해자가 하던 일이 매달 300만 원씩 30년간 받는 일이었다. 그가 일생을 살아가면서 벌 수 있는 돈은 최소한 10억이 넘어간다. 시간이 지날수록 임금이 오를 테니 그 부분도 감안하면 배상금은 더 뛰어오른다.

"거기에다가 정신적 위자료도 줘야 하지요."

"무슨 소리야, 그게?"

"말 그대로예요. 현재 우리나라 재판부에서 사망자에 대해서 손해배상으로 인정하는 금액은 3억이 안 넘어요. 그런데 그 사람이 살아 있다면 상대방은 최소한 10억 이상은 줘야 한다는 거죠. 더군다나 그 사람이 특용작물을 키우는 것 같은 다른 사람이 따라 할 수 없는 뭔가를 가지고 있다면 그 배상금은 더 커지지요."

결과적으로 사고를 낸 사람의 입장에서는 살려서 10억이 넘게 뜯기느니, 차라리 죽여서 2억에서 3억을 주는 것이 훨씬 남는 것이다.

'물론 이런 경우는 극단적인 경우이기는 하지만…….'

어찌 되었건 살아서 병신이 되는 것보다는 차라리 죽는 것이 훨씬 이득이 되는 것이다.

"하지만 멀쩡하게 살 수도 있잖아?"

"글쎄요……. 그럴 가능성이 높지는 않습니다."

진성만은 옆에서 조용히 듣고 있다가 고개를 흔들었다.

"말씀하신 것에 따르면 사고 차량은 일반 승용차도 아니고 트럭입니다. 그것도 건축자재 운반용 8톤 트럭요. 그리고 스키드 마크의 거리로 봤을 때 상당히 과속하는 상황이었을 겁니다. 더군다나 짐이 실려 있는 상태로요. 뭐, 그런 거야 흔한 일이니까요."

그런 상황에서 차에 치이면 사람이 멀쩡할 수가 없다. 솔직히 그런 상황에 살아남은 것 자체가 기적이다.

"스키드 마크가 멈춘 곳은 이곳. 그런데 사람의 사망 흔적은 저쪽에서 나타났지요. 이 흔적대로라면 사람이 날아서 그곳까지 갔다는 건데요. 사람이 멀쩡할 리 없지요."

"그런……."

노문성은 안타까운 듯 그곳을 돌아보았다.

"그리고 다른 흔적으로 봐서는 살인의 고의를 가지고 있었다고 볼 수 있지요."

"살인의 고의?"

"네, 아까 말씀드린 흔적을 보면 그렇습니다."

스키드 마크의 흔적으로 보면 운전자는 희생자가 나타나자 자신도 모르게 우측으로 방향을 틀었다. 그리고 우측은 그냥 흙이 있는 곳이었다.

"그런데 그 흙이 앞뒤로 도로에 묻어 있지요."

노형진은 그 흙을 보면서 참담한 얼굴이 되었다.

"그건 한 가지만을 뜻합니다. 사고가 난 차량이 그 위로 지나갔다는 것이지요."

"아니, 왜?"

"살아 있으니까요."

살아 있으면 엄청난 손해다. 2억이면 되는데 최소 10억을 줘야 한다. 당연히 기업의 입장에서는 엄청난 적자다.

"이런 말도 안 되는……."

"말도 안 되지만 그게 현실이죠. 그렇다면 합의를 서두른 것도 이해가 됩니다."

성화의 힘이면 이 모든 것을 단순 교통사고로 감출 수 있다. 그런 상황에서 합의서를 제출하면 사건은 종결 처리가 될 테니 여기서 벌어진 일은 어둠 속으로 사라질 것이 뻔하다.

"당혹스럽군요."

노형진을 말을 하면서 얼굴을 찌푸렸다.

"일단은…… 피해자분들과 이야기해 봐야겠네요."

과연 피해자들이 이 사실을 알고 있을지는 확실하지 않았다.

"부디 합의하지 않았으면 좋겠는데……."

노형진은 안타깝게 말했다.

⚖️

"그 말이 사실입니까?"

장례를 치르기 위해서 와 있던 동생인 하천식은 사정을 듣고는 주먹을 쥐고는 부들부들 떨었다.

"형님이…… 살해당한 거라고요?"

"흔적이나 성화의 대응을 봐서는 그럴 가능성이 높습니다."

가장 힘든 말을 하자 하천식의 눈에서는 눈물이 뚝뚝 흘렀다.

"혹시 합의하셨습니까?"

노형진은 그 부분이 가장 걱정이었다. 물론 속임수를 써서 합의한 것이니 그 부분에 대해서는 부정할 수도 있지만 상대방은 그걸 무마하고도 남을 만큼 많은 변호사들을 데리고 있다.

"아직…… 합의는 안 했습니다. 최소한 그 운전사라는 인간이 와서 사과하기를 바랐는데 오질 않더군요."

"다행입니다."

안 봐도 뻔하다. 운전사가 와서 양심의 가책을 느껴서 폭로라도 해 버리면 일이 커질 건 뻔한 일이니 아예 보내지 않는 것이다.

"그 녀석들을 어떻게 해야 합니까? 당장 경찰에 신고해서……."

"글쎄요. 경찰에 신고한다고 될까요?"

진성만은 그곳에 있던 상황을 보고 사고가 아니라 살인 사건이라는 것을 알아차렸다.

"그런데 경찰과 보험회사가 그걸 몰랐을까요? 그들도 손해 사정인을 두고 사건을 조사합니다. 더군다나 경찰은 이런 사건을 매년 수사하는 전문가들이구요."

"그 말은?"

"이미 그들은 성화에게 넘어간 상태라는 거지요."

"이 개새끼들……."

개새끼들이라고 분노를 표하지만 노형진은 안타까워도 어쩔 수가 없었다.

'서울에 있는 경찰도 쥐락펴락하는 성화다. 이런 시골의 경찰쯤이야…….'

단돈 얼마면 움직이는 것은 어려운 것이 아닐 것이다. 그리고 이런 시골 경찰일수록 인맥으로 묶여서 더 쉽게 썩는다는 것을 몇 번이나 느끼지 않았던가?

"그럼 어쩌란 말입니까!"

"글쎄요……. 이번 사건을 도와줄 사람이 한 사람이 있기는 합니다."

"누구요."

"그런 사람이 있습니다. 성화라면 이를 박박 가는 사람이요."

노형진은 이번 사건에 그를 끼워 넣기로 결심하고 있었다.

"교통사고?"

유민택은 노형진의 말에 어이가 없다는 듯 바라보았다.

"물론 불쌍하고 사정은 알겠네만 그게 우리 대룡이 나설 일인가? 결국 그 운전사만 처벌받고 끝날 일 같은데. 내가 성화라면 이를 갈기는 하지만 대상이 잘못된 것 같군."

"물론 그렇게 볼 수도 있지요. 하지만 일반적으로 운전기사가 그런 걸 잘 알기는 힘들다고 보이는데요."

"무슨 소리인가?"

"누군가의 지령을 받았다는 거죠."

"지령?"

"네, 기억나십니까? 성화에서 함정을 파서 방사능이 들어 있는 자재를 대룡아파트에 넣은 적이 있지 않습니까?"

유민택은 자신도 모르게 이를 빠드득 갈았다. 어떻게 그 일을 잊을 수 있겠는가? 그 일로 인해서 대룡은 수십억의 손해를 봤다. 멀쩡하게 지었던 아파트 한 동을 부수고 새로 지어야 했을 뿐만 아니라 그 방사능 골재의 처리에 들어간 비용도 엄청나게 들어갔던 것이다. 만일 그걸 모른 채 넘어갔다면 어쩌면 대룡이 위험해질 만큼 큰 스캔들이었다.

'그 당시 건설 중이던 건 한 동이 아니라 아파트 단지 하나니까.'

만일 그게 분양 후에 발견되었다면 엄청난 양의 분양 비용을 돌려줘야 하는 데다 손해배상에 인지도 하락에 소송까지 겹쳐, 까딱 잘못했으면 대룡건설이 한 방에 날아갈 수도 있었던 사건이었다. 그 당시 유민택이 사전에 그걸 발견한 사람을 두 계급이나 특진시키고 보너스로 2천만 원이나 준 데에는 다 이유가 있었다.

"만일 그 작전이 성공했다면 못해도 수십 명이 암과 백혈병으로 죽었을 겁니다. 그런데도 성화건설의 사장이라는 인간은 아무 거리낌 없이 그런 계획을 실행했지요."

"그랬지."

"우린 거기서 많은 것을 알 수 있지요. 가령 성화건설의 사장이 피도, 눈물도 없다는 걸 말입니다."

"음……."

"과연 그런 녀석이 이런 소식을 들었을 때 무슨 생각을 할까요?"

당연히 자신들의 피해를 줄일 수 있는 다른 방법을 찾으려고 할 것이다. 그리고 그것은 이미 결론이 난 상황.

"그러니까 노 변호사의 말은 이게 단순히 운전기사의 단순

실수가 아니라 성화건설의 계획적인 운영 방식이란 말인가?"

"네."

"음……."

"만일 그게 발각된다면 어떻게 될까요?"

당장 그렇게 된다면 성화건설의 평판은 바닥을 칠 것이다. 또한 성화건설의 사장 역시 잡혀갈 것이다.

"평판이 바닥을 친다는 것은 성화에 있어 부담스러운 일이지요."

현재 성화건설은 막 성장하는 곳이다. 당연히 그런 곳이 성장하기 위해서 가장 쉽게 접근할 수 있는 것은 국가사업이다. 하지만 살인마 기업이라는 타이틀을 가지고 있다면 쉽게 국가사업을 따낼 수 없다.

'하긴…….'

요즘 정부에서 알게 모르게 성화에 일감을 몰아주고 있기는 하다. 그리고 그건 적지 않은 건수다. 만일 성화에게 그 일감이 가지 않는다면 성화건설이 상당히 큰 타격을 입을 것이 확실했다.

"확실한 건가?"

"그건 알아봐야겠지요."

노형진은 씩 웃었다. 이 정도만으로도 충분했기 때문이다. 이미 유민택의 눈빛을 활활 불타오르고 있었다.

"망할 놈들 같으니라고."

더군다나 이번에는 자신에게 한 방 먹였던 녀석이 아닌가? 유민택은 이미 전투 모드에 돌입한 것이나 다름없었다.

"그럼 어떻게 공격할 생각인가?"

"단순히 이번에만 벌어진 것치고는 저들의 행동은 너무나 빨랐습니다."

사고가 난 곳은 저들이 새로 들어간 곳이다. 그리고 이번 사고가 나기 이전에 사고 기록도 없다.

'그렇다는 건 기존에 관리하던 게 아니라는 거지.'

그럼에도 불구하고 조직적으로 은폐하면서 바로 다음 날 2억이라는 합의금으로 상대방을 유혹한 것은 무척이나 체계적이었다.

"일단 그들의 사고 기록을 확인해 봐야겠습니다."

"그렇군……. 그러면 우리가 도와줄 것은 뭔가?"

유민택은 노형진과의 관계를 잊지 않고 있었다. 기브 앤드 테이크.

아무리 노형진이 성화 사건으로 도움을 받기 위해서 왔다고 하지만 자신들 역시 성화에 원한을 가진 것은 마찬가지. 아니, 자신들이 더 큰 원한을 가지고 있다. 즉, 노형진이 성화와 대신 싸워 주는 조건이 있다는 것쯤은 알고 있었다.

"이번에는 좀 빚진 걸로 하죠."

"빚진 거?"

노형진의 말에 유민택은 살짝 놀랐다. 노형진이 빚진 걸로 하자고 말하는 건 처음이었기 때문이다.

"조만간 대룡의 도움이 필요한 일이 있을 겁니다."

"음……."

무슨 일인지는 모르지만 대룡의 도움이 필요하다는 것은 노형진 혼자의 힘으로 안 된다는 소리였다.

'살짝 걱정되기는 하지만…….'

유민택은 노형진을 믿기로 했다. 그가 대룡에 해가 되는 일을 할 거라고는 생각하지 않기 때문이다.

"그러면 자네를 믿겠네."

"그렇지요. 하하하."

노형진은 얼마 후에 생길 일에 대해서 생각하면서 웃음을 머금었다.

인간은 부품이 아니다

"특이하군요."

노형진은 사건 기록을 가져다가 보면서 갸웃했다.

"그러네요."

"그리고 확실하고요."

"네."

진성만 역시 사건을 보면서 확신을 가질 수 있었다.

"이번 사건은 위에서 무슨 압력이 내려온 것이 확실한 것 같습니다."

사건 현장에서 찍은 사진들 중 절묘하게 성화 측에 불리한 사진은 삭제되어 있었다. 주요 장면에서는 각도가 이상하거나 아예 없는 장면이 많았던 것이다.

"그쪽에 파견 나간 사람이 깜빡할 리는 없고 아마도 위에서 짜깁기한 모양입니다."

"짜깁기요?"

"네, 아무래도 사진은 위험한 증거니까요."

"그렇지요."

일단 그 장소에 출동한 사람은 주변에 대해서 수십 수백 장의 사진을 찍는다. 과거처럼 필름으로 촬영하는 시대도 아니고 디지털로 촬영하니까 부담 없이 찍어 대는 것이다.

'아주 작정하고 관리한다는 뜻이군.'

단순히 현장에서만 관리하는 게 아니라 사고 보고서까지 조작한다는 것은 생각보다 깊숙하게 성화의 손이 닿아 있다는 뜻이었다.

"이대로는 곤란하겠는데요?"

"그렇지요?"

재판을 할 때는 당연히 공식적인 서류를 가지고 한다. 물론 사진과 서류가 이상하기는 하지만, 이를 반대로 말하면 이걸 조작할 정도면 판사 역시 관리하고 있다는 뜻이 된다.

"그래도 해당 지역 판사는 관리가 안 될 수도 있지 않을까요?"

"그럴 수도 있죠. 하지만 깨끗하고 엄중한 판사라는 말, 들어 보신 적 있습니까?"

"끄응……."

물론 없는 것은 아닐 것이다. 하지만 현실에게 그런 판사를 찾는 것은 쉬운 일이 아니다.

"더군다나 이런 시골에서 들어오는 뇌물의 수준은 뻔합니다. 하지만 성화쯤 되는 단체라면 그 수준이 엄청나게 차이가 나죠."

"안 그런다고 해도 넘어가겠군요."

"그럴 겁니다."

더군다나 성화의 입장에서는 손해 보는 것도 아니다. 상당한 규모의 대단위 상권이 생길 예정인 만큼 판사를 관리해 두면 나중에 두고두고 써먹을 수 있으니까.

"결과적으로 판사도 이걸 이상하게 생각하지는 않을 거라는 겁니다."

아니, 이상하게 생각해도 넘어간다고 표현하는 게 맞을 것이다.

"그럼 어쩌죠? 우리가 제출한 증거가 도움이 될까요?"

"글쎄요……. 우리는 그 증거를 가지고 판단하고 있지만 과연……."

자신들이 촬영한 것은 사고 바로 다다음 날에 찍은 것이다. 그곳에 차량 통행이 많은 곳이 아닌 만큼 그날과 그다지 달라지지 않았다고 아버지인 노문성은 말하지만…….

'재판에 들어가면 전혀 다른 말이 나오겠지.'

상대방은 분명 사건 이틀이나 지난 이후에 찍은 거라 사실상 법적인 의미가 없다고 할 테고 상식적으로도 일반 도로에서 이틀이 지나면 차량들이 다니면서 증거가 훼손되거나 변했을 가능성이 높기도 하다.

"결국 우리가 가진 증거로는 이번 사건을 뒤집는 데 한계가 있을 겁니다."

"쩝…… 이거 상대방이 워낙 공룡이다 보니 대책이 안 서는군요."

진성만은 입맛을 다셨다. 지금까지 수많은 자동차 사고를 담당한 그였지만 대기업이 끼어 있는 사건은 지금이 처음이었고, 그들의 힘이 얼마나 강한지도 처음 느끼고 있었다.

"결과적으로 그들을 제압하려면 강력한 증거가 따로 있어야 합니다."

"강력한 증거?"

"네, 어찌 되었건 저들에게는 공식 자료가 있으니까요."

"하지만 그런 게 있을 리가……."

애초에 사건 현장에서 접수한 사람이 처음부터 끝까지 사건을 조작했는데 다른 자료를 남겼을 리 없다.

"남았을 겁니다."

"네?"

그런데 노형진의 의견은 달랐다.

"남을 수밖에 없습니다. 성화는 위에 로비하지, 아래에 하지는 않거든요."

"네? 그게 무슨……."

"이런 사건으로 고통받는 사람은 단순히 피해자만 있는 건 아니라는 거지요."

"……?"

노형진의 말에 진성만은 고개를 갸웃할 뿐이었다.

⚖

"교도소?"

노형진이 손예은과 함께 도착한 곳은 다름 아닌 교도소였다.

"제가 이 사건을 담당해야 하는 이유가 뭐죠?"

"그냥 노는 것보다는 좋지 않습니까?"

"저도 바쁩니다만."

"농담입니다, 농담. 그렇게 정색하지 않으셔도 됩니다. 제가 왜 손 변호사님에게 부탁했겠습니까? 이번 사건은 아무래도 감정에 민감한 사람이 필요하거든요."

"감정에 민감한 사람?"

"네, 손 변호사님도 아시죠?"

"……."

손예은은 차가운 여자처럼 보인다. 하지만 오랫동안 자세하게 보면 그건 그저 겉모습일 뿐이라는 것을 아는 것은 어렵지 않다. 그녀처럼 피해자나 가해자의 감정에 민감하게 반응하는 사람은 없다.

'다만 표현하는 방법을 모를 뿐이지.'

사람은 행동을 보면 많은 것을 알고 있다. 노형진이 봤을 때 손예은의 가정은 그다지 좋지 못할 가능성이 높다. 원래 감정적이고 감수성이 풍부한 타입인 그녀가 자신의 감정을 철저하게 숨기려고 하는 걸 보면 말이다.

"하지만 오늘 만날 사람은 사건 당사자도 아니지 않나요?"

"그렇지요."

오늘 만나는 사람은 이번 사건의 당사자도 아니다. 그런데 여기까지 온 것이다.

"전에 말씀드렸던 거 생각나시나요?"

"어떤 거요?"

"이런 걸 여러 번 해 본 것 같다는 말요."

"아!"

손예은은 고개를 끄덕거렸다.

"그러면 그 전에 사고를 친 누군가는 감옥에 있다는 소리지요."

"네? 하지만 돈은……."

"돈은 성화에서 낸다고 하지만 어찌 되었건 인명 피해가 발생한 사건입니다. 당연히 그 가해자는 감옥에 가게 되어 있지요."

아무리 사고라고 할지라도 일단은 사람이 죽었다. 당연히 운전자는 감옥에 갈 수밖에 없다.

"그런데 이 사건에서 이상한 게 느껴지지 않습니까?"

"어떤 거요?"

"만일 새론에서 손 변호사님한테 사람을 죽이라고 한다면 하시겠습니까?"

"그거야……."

할 수가 없다. 아니, 해서도 안 된다.

손예은은 그제야 이 사건에서 뭐가 이상한지 알 수 있었다.

사람은 누군가를 죽인다는 것에 대해서 무척이나 예민하게 반응한다. 살인마가 아닌 이상에야 사람을 죽인다는 게 쉬운 게 아니다.

'그런데 왜?'

살아 있는 것보다는 죽은 게 훨씬 싸게 먹히니까.

그렇다고 해도 그걸 실행하는 운전기사의 입장에서는 사람을 자신의 손으로 죽여야 한다는 것을 뜻한다. 한평생 운전만 해 온 그런 사람이 과연 그런 걸 쉽게 할 수 있을까?

'어떻게…….'

말도 안 되는 일이다. 여러 번 했다는 건 운전하는 사람이 다 다를 수밖에 없다는 뜻이기 때문에 그들이 하나같이 똑같이 움직였어야 한다는 소리다.

'말이 안 되잖아?'

손예은은 엄청나게 고민하기 시작했다. 그리고 어렵지 않게 결론을 낼 수 있었다.

"뭔가 있군요."

"네, 그럴 겁니다."

그들이 살인을 불사할 수밖에 없는 이유, 그리고 그 그걸 뒤집어쓰고 감옥에 가도 찍소리도 하지 못하는 이유. 노형진은 그걸 알아내기 위해서 감옥에 온 것이다.

'현 사고 당사자는 만나지 못하게 하니.'

이미 그는 어딘가에 숨은 상황이다. 성화도 감추고 싶었으리라.

'하지만 이미 감옥에 있는 사람은 어떻게 감출 수는 없지.'

그때는 이미 성화의 관리 반경 바깥일 테니까.

"그걸 알아내야 합니다."

"네."

손예은은 노형진의 말을 알아들었다. 그리고 천천히 감옥 안으로 들어갔다.

그렇게 한참 시간이 지나고 나자 변호사 대면실 안으로 들어오는 50대쯤 되어 보이는 남자.

"누구십니까?"

남자는 고개를 갸웃했다. 자신의 사건은 이미 끝났고 형은 확정되었다. 그러니 자신을 찾아올 변호사가 없는데 변호사가 찾아온 것이다.

"노형진이라고 합니다. 이쪽은 손예은 변호사입니다. 법무 법인 새론에서 나왔습니다."

"새론?"

고개를 갸웃하는 남자.

'역시 그렇군.'

그는 감옥에 있던 사람이다. 그래서 대룡과 성화의 전쟁을 알지 못하는 모양이었다. 그렇다면 당연히 새론도 알 리 없다.

"4년 전에 벌어진 사건에 대해서 알아보려고 왔습니다."

남자의 얼굴이 창백해지더니 앉았던 자리에서 벌떡 일어났다.

"전 할 말 없습니다. 전 잊어버리고 싶은 사건입니다."

'이상하군.'

노형진은 그걸 보면서 역시 이상하다고 생각했다. 단순 사고였다면 후회 같은 감정이 드러나야 한다. 하지만 남자의 얼굴에 드러난 감정은 후회보다도 공포가 더 강했다.

"백택선 씨, 앉으시지요."

"더 이상 할 말 없다니까요! 간수! 간수!"

그는 완강하게 뿌리치면서 간수를 불렀다.

'이렇게 나오시겠다?'

보아하니 자신과 말하기 부담스러운 모양이었다.

간수가 안으로 들어오자 그는 다시 자신의 감방으로 가려고 했다. 하지만 노형진은 그렇게 둘 수가 없었다.

"가족분들이 어떤 꼴인지도 모르고 그냥 편하게 사시려고 하나 봅니다."

"뭐라고요?"

"성화는 전쟁 중이죠. 솔직히 유리한 상황은 아니죠."

"그게 무슨 말이오!"

"가족을 위해서라면 좀 더 제 말을 들어야 한다는 뜻입니다."

백택선은 노형진을 바라보았다. 그리고 간수를 바라보았다. 도움을 청하는 눈빛이었다. 사실 감옥에 있다고 해도 아예 뉴스를 못 보는 건 아니다.

'그런데도 성화와 대룡의 전쟁을 모른다는 것은 한 가지뿐이지.'

어떤 이유에서인지 그 소식을 피했다는 것.

'대룡과는 접점이 없으니 결과적으로 성화와 관련된 소식을 애써 피했다는 뜻이다.'

노형진은 그걸 직감했다. 그리고 그가 여기에 있는 이상 성화가 힘쓰지 못한다는 것도 알고 있었다. 만일 성화가 힘쓴다면 여기에 있는 백택선이 아니라 바깥에 있는 가족이 대상일 것이다. 그래서 노형진이 가족 이야기를 꺼낸 것이다.

"간수, 이분한테 성화와 대룡에 대해서 말씀 좀 해 주시죠. 제 말을 안 믿네요."

간수는 머리를 긁적거렸다. 자신을 부르기에 무슨 일이 있나 해서 왔더니 그걸 확인시키려고 부른 거라니.

물론 노형진은 그게 목적이 아니었다. 백택선이 대화를 거부하기 위해 간수를 부른 것을 무마해야 하기 때문에 물어본 것뿐이다.

"뭐, 간단하지요. 대룡과 성화는 전쟁 중이죠. 그 이유는 알려지지 않았지만 대룡에서 성화와는 같은 하늘 아래에 못 있는다고 천명했으니."

"그게…… 무슨……?"

그 말을 들은 백택선은 멍하니 간수를 바라보았다.

"그 말이 사실입니까?"

"그게 도대체 언제 뉴스인데……. 하긴 그쪽으로는 관심도 안 주는 사람이 당신이니……."

"그럼…… 성화가…… 불리하다는 건……?"

"글쎄요? 내부적인 거라 그건 잘 모르지만 국민들한테 성화의 이미지가 점점 안 좋아지는 건 확실하죠."

백택선은 털썩 의자에 주저앉았다.

"감사합니다."

노형진이 인사를 건네자 바깥으로 나가는 간수.

노형진은 그가 나간 후에 백택선을 지그시 바라보았다.

"보다시피 이 싸움에서 성화가 밀리고 있지요. 만일 성화가 패한다면 당신은 모든 것을 잃게 될 겁니다."

"……."

"당신 가족을 보살펴 준다는 약속을 했지요?"

노형진이 그의 반응을 보면서 성화에서 무슨 약속을 했는지 알아내는 것은 어렵지 않았다. 유독 성화가 불리하다거나 망할지도 모른다는 말에 예민하게 반응했기 때문이다.

"특히 성화건설은 거의 바닥을 치고 있지요. 오래 못 버틸 겁니다."

"……."

"당신이 선택해야 하는 건 두 가지입니다. 새로운 끈을 잡든가, 침몰하는 성화에서 같이 빠져 죽든가."

"……."

"거절하신다면 어쩔 수 없구요. 성화에서 언제까지 봐줄 수 있을지 모르겠군요."

노형진은 벌떡 일어나 가방을 챙기기 시작했다. 아까와는 다른 태도가 된 것이다.

'과연 어쩔 거냐?'

여기서 자신이 필수적이라는 느낌을 주면 저 사람은 분명 그 이점을 이용하려고 할 것이다. 그렇다면 여기서 그런 느낌을 줄 수는 없다. 도리어 없어도 그만이라는 말 한마디면 그는 무너질 것이다.

"살인에 가담한 게 당신뿐이라는 생각은 안 하셨으면 좋겠네요. 다른 분들과는 이미 이야기가 끝났습니다."

노형진은 그렇게 연기하면서 일어나서 문으로 향하기 시작했다.

이쯤되자 다급해진 것은 백택선이었다. 남들이 다 이야기했는데 자신만 이야기하지 않으면 자신의 가족들만 불이익을 받기 때문이다.

더군다나 살인이라니. 이미 알고 온 것 아닌가?

물론 살인이 아니라면 안 걸렸을지도 모른다. 하지만 백택선은 자신도 모르게 미끼를 덥석 물고 말았다.

"잠시만요……. 잠깐만……."

"시간이 없습니다. 저희는 다음 재판을 해야 해서요."

"그게……."

"어차피 알고 온 겁니다. 당신이 없어도 사건은 진행될 겁니다."

노형진이 나가려고 하자 그는 일어나서 노형진의 옷을 붙잡았다.

"잠시만요……. 제발……."

"뭐, 그렇다면야."

모른 척 다시 자리에 앉는 노형진. 그걸 보면서 손예은은 자신도 모르게 혀를 내둘렀다.

'장난 아니네.'

채 10분도 안 되는 사이에 두 사람의 입장이 완전히 뒤집혔다. 아까는 노형진이 도움을 청하는 형태였다면 이제는 백택선이 매달리는 형국이었다.

"그 말이 사실입니까? 성화가 지고 있다는 말?"

"못 믿으십니까? 인터넷으로 확인시켜 드릴까요?"

노형진은 스마트폰으로 관련 정보를 찾아서 보여 줬다. 그러자 그걸 본 백택선의 얼굴이 창백해졌다.

'후후후, 역시 걸렸어.'

사실 인터넷은 정보의 바다임과 동시에 정보의 쓰레기장이라고 할 수 있다. 지금만 해도 그렇다. 지금 백택선이 본 뉴스들은 성화가 지고 있는 불리한 상황인 것처럼 이야기하고 있다.

사실 싸우다 보면 대룡이 진 것도 많다. 그럼에도 불구하고 성화가 지는 것처럼 보인 것은 노형진이 슬쩍 검색어를 조작했기 때문이다. '성화'라고만 치면 엄청난 정보가 나와서 확인을 못 하지만 '성화'라는 단어와 함께 '소송'이라는 단어를 치면 성화가 당하고 있는 소송에 대한 글들이 나오게 된다.

"아직도 못 믿으시겠습니까?"

"음……."

결국 백택선은 고개를 푹 숙이면서 현실을 인정할 수밖에 없었다.

"하아, 다 알고 오셨다니……. 긴말은 하지 않겠습니다."

"저희가 궁금한 건 하나입니다. 도대체 왜 운전기사들이 그들의 말에 따라 움직이는지요."

"……."

백택선은 잠시 고민하다가 천천히 입을 열었다.

"변호사님, 혹시 지입이라고 아십니까?"

"지입?"

"네."

"알지요."

지입이란 자기 소유의 업무용 차량으로 일을 따내는 것을 말한다. 대표적인 지입이 바로 택배와 이 공사 차량이다.

"그게 문제가 많지요."

"알고 있습니다. 무척이나 문제가 많지요."

지입은 기름값, 딱지 등 업무에 필요한 것을 운전자가 다 부담해야 한다. 더군다나 일한 만큼 받는 구조이기 때문에 운전자는 극한까지 운행해야 한다.

"그런데 성화는 지입이 거의 없습니다."

"거의 없다?"

"네."

"그럴 리가요?"

지입은 대한민국에 널리 퍼진 병폐 중 하나다. 당연히 그걸 없애야 함에도 불구하고 건설사에게는 엄청난 이득을 주기 때문에 없애지 못하고 있는 것이다.

지입은 공사가 없을 경우 계약을 안 하면 그만이기 때문에 유지비가 적게 든다. 더군다나 운영비도 다 운전사가 내야 하니 기업에서는 포기할 수 없는 매력이 있다. 결정적으로 지입으로 들어오는 사람은 개인 사업자로서 계약하기 때문에 4대 보험이나 퇴직금, 최저임금의 영향을 받지 않는다.

'그게 심각한 문제지.'

한국에서 대형 화물차 사고가 많은 이유 중 하나가 바로 이 지입이라는 제도다. 심지어 대롱건설조차도 이 부분은 고칠 수가 없어서 포기한 상태다. 초기 비용이 무지막지하게 들어가기 때문이다.

'그런데 성화에는 지입이 거의 없다고?'

말도 안 되는 소리다.

"자세하게 이야기를 좀 해 주시겠어요?"

손예은도 뭔가 이상하다는 걸 느끼고는 자세를 바로잡았다. 그러자 백택선은 천천히 이야기하기 시작했다.

"일반적으로 공사 현장에서 사용되는 트럭은 8톤 트럭입니다. 그건 중고로 사도 7천쯤 됩니다. 새 것은 1억이 훨씬 넘지요."

그게 문제다. 기업의 입장에서 지입이 아닌 새 차를 사려면 한 번에 1천억이 넘는 돈이 들어가는 것이다. 사용되는 차량이 많으니까. 거기에다 그 관리비까지 생각하면 기업의 입장에서는 지입을 할 수밖에 없다.

"그런데 성화에서 군침이 흐르는 요구를 하더군요."

"군침?"

"네, 차량을 자기 명의로 등록시켜 주면 정직원을 시켜 준다고⋯⋯."

노형진은 얼굴을 찌푸렸다. 성화에서 왜 그랬는지 어렵지 않게 알 수 있었던 것이다.

'이런 개새끼 같으니라고.'

정직원이라는 미끼는 강력하다. 정직원이 되기 위해서 수천만 원씩 뇌물을 준다. 공무원이나 선생님 같은 경우는 1억이 넘는 뇌물이 가기도 한다. 그런 상황에서 차를 그들의 이름으로 하고 난 후 정직원이 되는 것은 무척이나 군침 당기는 일이다. 성화는 대기업이고 그 임금 역시 적은 게 아니니까.

"그래서 명의를 그들 이름으로 넘겼단 말입니까?"

"네."

"그게 무슨 의미죠?"

손예은은 그게 얼마나 큰 파급력을 가지고 있는지 이해하지 못하는 모양이었다. 하지만 노형진은 왜 운전기사들이 그들의 명령에 찍소리도 못 하고 시키는 대로 할 수밖에 없었는지 알 수 있었다.

"간단합니다. 말 그대로 노예가 된 거죠."

"노예?"

"네."

8톤 트럭의 가격은 중고가 7천에서 8천 정도. 새 차를 기준으로 하면 1억이 넘는다. 기업의 입장에서는 적다고 할 수 있지만 운전기사들의 입장에서는 그걸 사기 위해서는 전 재산을 다 들이부어야 한다. 그런 상황에서 정직원이 되면 노후를 걱정하지 않아도 되니까 당연히 그렇게 무리해서 구입하고 들어가게 된다.

"그 후가 문제죠."

문제는 아무리 정직원이 되었다고 하더라도 결국은 직원이라는 거다. 사고가 난다면 명백하게 해직할 수 있다. 당연히 그 차는 그대로 뜯기는 셈이다.

"회사의 입장에서는 돈 한 푼 안 들이고 엄청난 자산을 차지하는 셈입니다."

어차피 지입을 하든 뭘 하든 나가야 하는 돈이다. 조금 더 나가기는 하겠지만 대신에 1억이 넘는 트럭을 기회만 되면 빼앗을 수 있다. 더군다나 그 트럭을 가지고 있으면 회사의 등재된 자산도 엄청나게 많아진다.

"조금 더 나가는 돈은 주가가 상승하는 걸로 상계가 가능하지요. 그리고 어디에다 자랑할 수도 있겠지요. 자신들은 지입을 안 쓴다고, 월급제라고 말입니다. 외부에서 보면 양심적인 기업으로 보이겠지요."

"그거 눈 가리고 아웅 하는 거 아닌가요?"

"성화니까요."

사람들은 그런 걸 잘 모르고 거기에 속아서 성화가 바른 기업이라고 생각하는 것이다.

"하지만 결국 운전사가 사는 거잖아요?"

"그걸 외부에 공개할 수는 없겠지요."

만을 그렇게 된다면 자신들에게 어떤 불이익이 올지 운전기사들이 모를 리 없다.

"그런데 이 사람이 여기에 와 있으면 그 트럭은 대체……."

그는 살인을 저질러 감옥에 와 있다. 당연히 그 트럭을 빼앗긴 셈이 된다. 그런데 왜 그가 성화에 대해서 신경을 쓸까?

"복직시켜 주겠다는 약속을 했군요."

"네……. 그리고 그동안 아는 사람을 계약직을 써 주기로 했습니다."

자신은 여기서 나가면 복직된다. 그러면 다시 출근할 수 있다. 그렇게 생각하는 그였다.

"그런데 그걸 믿습니까?"

"……."

노형진은 아주 대놓고 돌직구를 던졌다. 그 약속을 믿느냐고. 백택선은 대답하지 못했다.

"애초에 그럴 거면 살인하라는 명령을 내리지 말았어야지요."

사람이 죽은 것과 심각한 상해를 입은 것은 형벌이 완전히 다르다. 만일 복직의 의사가 있었다면 애초에 자신들이 살인하라는 말을 해서는 안 되는 것이었다. 그래야 형량이 줄어드니까.

"……."

"크흑……."

백택선은 고개를 숙이고 눈물을 뚝뚝 흘리기 시작했다.

"하지만 어쩔 수 없었습니다. 아들이…… 성화에 다닙니다. 계약직입니다. 만일 제가 여기서 사실을 말하면……."

"끄응……."

그러면 차는 빼앗길 테고 아들 역시 계약 해지당해서 쫓겨날 것이다. 전 재산이나 마찬가지인 차량을 빼앗기면 이들 가족은 길바닥을 나앉는 수밖에 없다.

'개자식들.'

노형진은 성화의 더러운 면에 이를 박박 갈 수밖에 없었다.

⚖

"그렇다는 건가?"

유민택은 노형진의 설명을 듣고는 기가 막힌 얼굴이 되었다.

"아무리 인간을 부품으로 보는 성화라고 하지만 이번에는 한도를 넘어섰군."

"아무래도 건설 쪽에 있던 사람들 중에는 좀 거친 사람들이 많지요."

"하긴 그 성화건설 사장에 대한 보고서를 봤는데 기가 막히더군."

"한번 볼 수 있을까요?"

"여기 있네."

"주민악이라……."

역시나 대룡이라고 해야 할까? 그들은 이미 이번 사건의 주범이나 다름없는 성화건설의 사장의 신상명세서와 분석을

끝낸 후였다.

"나이는 63세. 성화건설의 사장. 전문대학교 졸업자로 사장 자리에 오른 입지적인 인물."

거기까지는 좋은 이야기였다. 하지만 그다음에 보이는 글들은 절대로 좋게 볼 수 없는 이야기가 대부분이었다.

"전문대 건설학과를 졸업하고 난 후 건설계에 취직. 밑바닥에서 시작함. 작은 중소기업 부사장이었으나 전격적으로 성화건설의 사장으로 발탁. 그의 아래에서 벌어진 사고가 세 건?"

노형진은 기가 막혔다. 다른 곳도 아니고 건설 현장에서 안전사고가 3건이라는 건 말도 안 된다. 더군다나 현재 성화는 대한민국의 수백 군데에서 공사를 한다. 그리고 크든 작든 건설 현장은 위험한 곳이다. 그런데 안전사고가 3건이라니.

"안전사고를 감추는군요."

"그렇지."

일반적으로 건설 현장에서 안전사고가 나면 막대한 손해를 보게 된다. 진료비도 내줘야 할 뿐만 아니라 안전사고가 자주 나는 건설사는 정부의 일을 받는 것도 불이익을 받게 되어 있다.

"그 세 건 중 두 건은 사망 사고이고 한 건은 전신 마비야."

"작은 건 죄다 감췄다는 뜻이군요."

노형진의 말에 고개를 끄덕거리는 유민택이었다.

"그 녀석의 전력을 보니까 전형적인 악덕 착취 업자 코스를 밟고 있더군."

노형진은 대충 어떤 사람인지 알 것 같았다. 그런 사람들은 뻔하다. 당장 돈 되는 것만을 바라고 노린다.

"그리고 그 사람과 함께 일했던 사람들의 말을 들어 보면 정신적으로도 문제가 있다고 하더군."

"네? 설마 무슨 망상 장애라도 가지고 있답니까?"

"그건 약을 먹으면 치료라도 된다네. 하지만 원래 성격이 지랄맞다고 하더군."

노형진은 보고서를 보면서 고개를 끄덕거렸다.

일반적으로 공사 현장에서는 간이 화장실을 설치해서 쓴다. 하지만 써 본 사람들은 알겠지만 절대로 간이 화장실이 깨끗하다고 말할 수가 없다. 제대로 관리되지 않는 게 보통이니까.

결국 너무 더러워서 몇몇 사람들이 현장에 설치된 사무실에 있는 사무실을 썼는데 문제가 되었다고 한다.

"자기가 써야 하는 곳을 더럽혔다라……."

그것뿐만이 아니었다. 그는 말 그대로 안하무인이고 상식이라고는 없는 인간이었다.

"그러니까 우리한테 그런 짓을 할 수 있는 거겠지."

성화건설 이야기가 나오자 다시 이를 빠드득 가는 유민택.

"이 녀석을 어떻게 할 건가?"

"글쎄요……."

일단 저 녀석들이 살인을 사주한 것은 맞다. 그건 백택선을 비롯한 사람들에게서 확실하게 들었다.

"그런데 증언을 거부했다면서?"

"그게 문제입니다."

아직까지 가족들은 주민악의 손아귀에 있다. 그나마 아들들이 성화에 있는 동안에는 그 차량에 대해서 자신들이 운영하는 식으로 권한을 행사할 수 있지만 만일 아들이 해직당하면 그 차량을 그대로 빼앗기는 셈이 되니 자신들은 길바닥으로 나앉는 수밖에 없었다.

"결국 가족의 생계와 차량에 대한 생각 때문에 그들은 증언을 안 할 겁니다."

"골치 아프군."

그들이 증언만 해 준다면 주민악을 몰락시키는 것은 일도 아니다. 주민악이 몰락하면 성화건설이 쓰러지는 것은 어렵지 않을 것이다. 전 세계적으로 이미지가 좋지 않으니 더 이상 일거리를 담당하지는 못하게 될 테니까.

"그렇다고 무조건 살인 교사로 고발을 넣을 수는 없습니다. 그들의 증언을 확보하는 것부터 해야 할 것 같습니다."

"그건 그런데……."

유민택은 걱정스러운 얼굴이 되었다. 이미 감옥에 있는 사람에게 어떻게 부탁한단 말인가? 더군다나 살인과 사고는 형량이 완전히 다르다.

"과연 저들이 그걸 인정할까?"

살인 교사를 넣는다는 것은 반대로 말하면 그들이 살인을 인정해야 한다는 소리이기도 하다.

"그들이 불쌍하기는 하지만 어찌 되었건 사람을 죽인 살인범입니다. 그에 상응하는 처벌을 받아야지요. 다만 우리 쪽에서는 준비할 게 그들을 도울 방법입니다. 약점과는 다릅니다. 그들이 처벌받는다 하더라도 성화보다 이득이 있다는 것을 알아야 하니까요."

유민택은 자신도 모르게 혀를 내둘렀다.

"가차 없구만."

그들도 어떻게 보면 피해자다. 그런데 가차 없이 약점을 잡아야 한다니.

"범죄자니까요. 협박당했을 때는 피해자지만 사람을 죽인 이상 가해자입니다. 협박당했다는 것은 실질적으로 감형의 사유는 될지언정 용서받을 사항은 아닙니다."

결국 그것에 대해서는 그들도 처벌받아야 한다. 다만 대룡의 목적은 성화에 피해를 주는 것인 만큼 그들을 회유할 방법도 찾아야 한다.

"음……."

노형진의 말에 유민택은 고민하기 시작했다.

사실 도움을 줄 방법을 찾는 것은 어렵지 않다. 거대 기업인 대룡이니 사람을 고용하는 건 어려운 일이 아니다. 당장 저들이 말하지 못하는 이유 중 하나가 바로 그들 자녀들의 취직 문제 때문이 아닌가?

"문제는 그들이 과연 자백할지 모른다는 거 아닌가? 아니, 안 할 것 같은데. 상식적으로 살인과 사고는 처벌이 다르다네. 자백한다면 자신들이 살인 죄를 처벌받을 거야."

"적당하게 생각해 둔 게 있습니다."

"있다고?"

"네, 다만 그걸 하기 위해서는 쇼를 좀 해야지요. 그게 문제군요."

유민택은 고개를 갸웃할 뿐이었다.

"연기요?"

"네."

노형진의 말에 고문학은 고개를 갸웃했다.

"좀…… 당황스러운 부탁이군요."

"아무래도 좀 쇼를 해야 하는 부분이 생겨서요."

"그래서 연기를 잘하는 사람이 필요하다고요?"

"네, 변호사 노릇을 해 줄 사람이 좀 필요합니다."

"네?"

고문학은 어이가 없었다. 여기가 어딘가? 여기는 변호사

사무실이다. 변호사가 한두 명이 아닌데 변호사를 연기할 사람이 필요하다는 게 이해가 가지 않았던 것이다.

"변호사와 연기하는 변호사는 다릅니다."

"무슨 말씀이신지?"

"드라마에서 보는 것과 현실에서 보는 삶은 다릅니다. 마찬가지이지요. 우리 쪽 변호사들은 대부분 변론 같은 걸 잘합니다. 하지만 이건 변론이 아닙니다. 전혀 없는 사실을 만들어 내야 하지요. 그런 것에서 변호사들은 좀 약한 게 사실입니다."

"하지만 노 변호사님은 잘하시잖아요?"

"저야 좀 특별한 경우고요."

'특별한 경우가 맞기는 하지.'

자신도 처음부터 연기를 잘한 게 아니었다. 회귀 전 연기 학원까지 다니면서 따로 배워야 했다. 미국에서는 말 그대로 다이내믹하게 싸워야 했기 때문에 한국처럼 지루하고 지겹게 하는 게 잘 먹히지 않았던 것이다.

"더군다나 혹시라도 우리 쪽에서 그 변호사를 만나게 되면 곤란하니까요."

"끄응……."

고문학은 잠시 고민하기 시작했다. 자신은 정보 계통에 있는 사람이기는 하지만 연기 쪽과는 전혀 상관이 없었기 때문이다.

"본인이 하시라는 게 아닙니다. 적당하게 할 줄 아는 사람 없습니까?"

"글쎄요……. 이 바닥에 있는 애들이 연기랑은 아무래도 관련이 없다 보니……."

고문학은 곰곰이 생각하다가 뭔가 생각난 듯 고개를 번쩍 들었다.

"어…… 적당한 사람이 있기는 한데요."

"그래요? 누군데요? 직원입니까?"

"직원이기는 한데 프리에 가까운 직원입니다."

"프리요?"

정보 계통에 프리랜서로 뛰는 사람이 있다는 게 노형진은 살짝 놀랐다. 그냥 알바 삼아서 하기에는 난이도가 좀 있는 곳이기 때문이다.

"뭐, 단순 심부름 같은 걸 하는 수준입니다. 이쪽은 인맥이 대부분인데 아직 인맥 쌓을 나이도 아니고."

"그런데 연기는 잘하나 보군요."

"듣기로는 연예 기획사에 있다가 나왔다고 하더군요. 연기자 지망생이었는데 소속사가 망했다나?"

"그래요? 특이하군요. 그러면 보통은 다른 쪽으로 가는데 말이죠."

"요즘은 좀 힘들죠. 연기랑 춤은 좀 하는데 노래는 영……."

노형진이 피식 웃었다. 대충 상황이 이해가 갔다.

"안타깝네요."

요즘은 연기로부터 시작하는 사람이 드물다. 대부분 아이돌로 시작해서 뜨고 난 후에 다시 연기자로 빠지는 것이 정석이다. 그래서 순수 연기자 자리가 거의 없다. 그런데 노래가 안 된다면 아무래도 그쪽은 꿈도 못 꾼다.

"그래서 이쪽으로 온 겁니까?"

"네, 제법 당찬 젊은이입니다."

"한번 만나 보죠."

노형진은 고개를 끄덕거렸다. 당장 사람이 급했기 때문이다.

⚖️

"안녕하세요! 반갑습니다. 유소미라고 합니다! 취미는 연기이고 특기도 연기이며 좋아하는 것은 닭갈비입니다!"

노형진에게 활기차게 인사하는 유소미를 보면서 살짝 당황했다.

"여자였어요?"

"남자라고는 안 했습니다."

"하하."

"노 변호사님, 잘 부탁드립니다! 저, 여기에 사인 좀 해 주시면 가보로 삼도록 하겠습니다."

왠지 방방 뜨는 듯한 그 모습에 노형진은 왠지 어색함을 느꼈다.

'저런 타입이 연기를 잘한다고?'

물론 연기라는 것은 집중력과 재능의 문제다. 하지만 저렇게 약간 방방 뜨는 사람이 잘할지는 모를 일이었다.

"아무래도 사람을 잘못 데려온 게 아닌지……."

노형진은 심각한 얼굴로 고문학에게 물어봤다. 고문학은 씁쓸한 얼굴이 되었다.

"모르죠."

"네?"

"저도 연기하는 걸 본 적이 없습니다. 다만 연예 기획사에서 연기 연습을 했다고 해서……."

"끄응……. 그런데 왜 저렇게 방방 뜨는 겁니까? 설마 절 만나서 개인적으로 혜택 보려고 저러는 건 아니죠?"

"아닐 겁니다. 이미 그쪽으로는 관심이 없다고 하더군요. 말은 깊이 안 하는데 회사가 망해서 끝날 때 좋게 나오지는 못한 모양입니다. 더 이상 그쪽으로 갈 생각이 없다고 하더군요. 소미 성격이 약간 저래요. 방방 뜨죠."

"헐."

혹시나 노형진이 연예계에 힘을 가지고 있으니 그걸 기대한 건가 싶은 생각을 했는데 원래 그런 성격이란다.

"그나저나 유소미 양, 연기를 좀 배우셨다고 들었습니다."

"흉내는 좀 내는 편입니다."

약간은 상기된 얼굴이 되는 그녀를 보면서 노형진은 왠지 불안해지기 시작했다.

'이거 잘되려나…….'

하지만 시간은 없고 상황은 급했다.

'잘되기를 빌어야지.'

노형진은 그렇게 기도하는 수밖에 없었다.

세상에 공짜 신념은 없다

"유소미 양?"

"이 변호사라고 불러 주십시오."

노형진은 눈앞에 있는 사람이 며칠 전 본 그 사람이 맞는지 갸우뚱했다.

'아니, 어떻게 된 게……?'

자신이 아는 유소미는 노래 못 부르는 연기자 지망생이자 약간은 방방 뜨는, 쾌활한 성격의 아가씨였다. 그런데 자신의 눈앞에 있는 사람은 검은색 여성 정장을 차려입은 차갑고 도도한 변호사였다.

"이 변호사요?"

"네, 이수정. 이번 역을 위해서 제가 만든 이름입니다."

전과는 전혀 다른 분위기를 만들어 내는 그녀를 보면 노형진은 한편으로는 살짝 놀랐다.

'이건 보통 재능이 아닌데?'

연기라는 것은 다른 사람의 역을 하는 것이다. 문제는 대부분의 연기자는 자기만의 분위기가 있어서 다른 분위기로 만드는 데에 한계가 있다는 점이다. 진짜 분위기 자체를 바꾸는 사람을 천재라고 한다. 그런데 단 며칠 사이에 이렇게 분위기가 바뀌다니.

"소미 양, 생각보다 연기 잘하는군요."

"유소미가 아니라 이수정입니다. 지금 이 순간은 말이죠. 자꾸 유소미라고 하면 집중이 깨집니다."

차갑고 도도하게 말하는 그녀의 말에 노형진은 왠지 할 말을 잃어버렸다.

"알겠습니다, 윤, 아니 이수정 변호사. 우리가 드린 대본은 다 알고 있죠?"

"네, 제가 할 일은 이미 알고 있습니다."

"그럼 부탁드리죠."

"아, 그 전에 이 건부터 처리 부탁드립니다."

노형진에게 건네는 한 뭉치의 종이들. 그건 다 영수증이었다.

"핸드백 지갑, 옷…… 미용실…… 화장…… 헐?"

"연기는 스스로에 대한 마인드 컨트롤이 생명입니다. 그냥 몸만 가지고 하는 게 아니지요. 필요해서 산 것이니까 경비 처리 부탁드립니다."

완전 깍쟁이 변호사의 모습에 노형진과 손예은뿐만 아니라 고문학까지 입을 쩍 벌릴 수밖에 없었다.

"잘할까요?"

교도소 안으로 들어가는 유소미를 보면서 손예은 변호사는 약간은 걱정된다는 듯 말했다.

"잘할 겁니다. 솔직히 연기 쪽으로는 재능이 있는 것 같네요."

자기 스스로 마인드 컨트롤을 하면서 분위기를 바꾸는 재능. 그건 쉽게 가질 수 있는 게 아니다. 그건 타고나야 하는 거지, 연습으로 만들 수 있는 게 아니니까.

"아마도…… 생각보다 잘될 것 같네요."

노형진이 그렇게 웃는 그때, 유소미는 백택선을 만나고 있었다.

"반갑습니다. 이수정입니다. 성화건설의 변호를 담당하고 있습니다."

안경을 치켜 올리는 유소미. 그 모습은 누가 봐도 변호사였다. 그것도 차갑고 도도한 여자 변호사.

"무슨 일이신가요?"

"소송에 들어가기 전에 배상 문제를 논의하고자 왔습니다."

"소송? 배상?"

백택선은 이해할 수가 없다는 얼굴이 되었다. 배상이라면 자신이 받아야 하는 것 아닌가? 더군다나 누구 때문에 여기에 있는데 소송이라니?

"무슨 말씀이십니까?"

"말 그대로입니다. 귀하께서는 본사의 차량을 이용하여 보행차를 사망시키는 사고를 발생시켰습니다. 그 기록에 따르면 그로 인해서 본사에서는 대략 2억 2천만 원의 금전적 손실을 입었다고 되어 있습니다."

"그거야······."

그건 사실이다. 그런데 그거랑 자신과 무슨 관계가 있단 말인가?

"이미 손해배상은 끝난 거 아닌가요?"

상대방에게는 합의금이 넘어간 상태이고 그 후에 바뀐 것은 없다. 아니, 그렇게 생각했다.

하지만 유소미는 서류를 꺼내서 한 장씩 넘기면서 기록을 살피기 시작했다.

"이 기록에 따르면 해당 사고는 운전자가 8, 보행자가 2의 과실이 있다고 되어 있습니다. 운전자의 과실은 과속이군요."

"그래서요?"

"본사에서는 그로 인해서 2억 원의 배상금을 지불하였고 차량 수리비로 2천만 원을 지급하였습니다. 그렇기 때문에

이것이 법이다

본사에서는 귀하의 과실에 대한 책임을 물어서 구상권을 청구할 예정입니다."

"구상권요?"

백택선은 이해하지 못한 채 유소미, 아니 이수정을 바라보았다. 낯선 단어였기 때문에 이해가 가지 않았던 것이다.

"구상권이라니요?"

"말 그대로입니다. 귀하의 사고로 인해서 본사에서 지불해야 했던 배상금 2억 원과 차량에 대한 수리비 2천만 원 전액을 귀하에게서 받아 낼 생각입니다."

백택선은 기가 먹혀서 자신도 모르게 벌떡 일어났다.

"뭐라고요! 그게 무슨 말입니까? 왜 나한테 청구를 해요?"

"말 그대로입니다. 귀하가 안전 운전을 하기로 한 회사 내규를 위반하고 무단으로 과속 운전을 함으로써 결과적으로 성화건설에 막대한 피해가 발생하였고 그 귀책사유는 귀하에게 있으니 그 배상 책임 역시 본인이 져야 하는 거 아닌가요?"

"그런 게 어디 있어요?"

"여기 있습니다. 귀하의 실수 때문에 본사에서 피해를 입을 수는 없는 거 아닌가요?"

"아니, 그래도 그렇지……."

백택선은 정신을 차리지 못하고 우왕좌왕하기 시작했다. 자신이 생각해도 그 당시에 사고가 난 건 실수였기 때문이다.

"그건 실수로 일어난 건데……."

"그런 거랑 상관없지요. 현행법상 귀하의 법률행위로 인하여 차량이 운행하지 못하게 되는 경우, 그 배상금을 청구하는 것은 당연한 거 아닌가요?"

백택선은 입을 쩍 벌렸다.

"잠깐만, 뭐라고요? 그게 말이 됩니까? 그 사건은……."

"당신의 과실로 인해서 생긴 사건이지요."

"그……."

말도 안 되는 소리다. 그들이 요구한 시간을 맞추기 위해서는 과속을 안 할 수가 없다. 그런데 그 책임을 지라니. 더군다나 그 책임에서 중요한 이야기가 빠져 있었다.

"내 차도 빼앗아 가고서는 그런 소리가 나옵니까?"

"차를 빼앗아 가다니요? 차량은 본인 스스로 회사에 기증한 거 아닌가요?"

"이봐요! 애초에 그 목적이 뭔데! 취업이 목적이었잖소!"

"그건 사건과 아무런 상관이 없습니다. 중요한 것은 귀하가 사고를 일으켰으며 그로 인해서 손해배상이 발생했다는 것이 중요하지요."

"이 개 같은……."

유소미는 차분하게 서류를 덮었다.

"당신이 일으킨 사고로 인한 배상금 2억과 차량 수리비 2천만 원이 최하한선이 될 것입니다."

"이제 와서 그 이야기를 하는 이유가 뭡니까!"

버럭 화를 내는 백택선.

"이제 와서 하는 게 아니라 회사 내부의 결정입니다."

"애초에 그렇게 요구한 건 사장님이었단 말이오!"

"증거 있습니까?"

백택선은 숨이 턱 막혀 왔다. 할 말이 없었다.

"당신이 사람을 죽이고 뒤집어씌우려고 하지 마시지요. 사장님의 말씀으로는 일하다가 사고가 나서 불쌍해서 아드님이나마 계약직으로 근무시키고 있다고 하더군요. 하지만 주주분들은 그 부분을 무척이나 마음에 들어 하지 않으십니다. 귀하가 수억 원대의 손해를 입힌 것이 사실인데 왜 배려해 줘야 한다는 거지요."

"그……."

자신이 사고를 일으켰을 때 성화에서 제시한 조건이 그거였다. 자신이 감옥에 가 있는 사이 아들을 근무하게 해 준다. 자신이 감옥에서 나오면 복직시켜 주고 계약직인 아들도 정규직으로 전환시켜 준다.

'그런데……'

생각해 보면 멍청한 약속이다. 복직시켜 주지 않는다 해도 할 말이 없다. 그렇다면 아들이 정규직이 될까? 애초에 정규직을 시켜 줄 거였다면 처음부터 시켜 주면 된다. 그런데 왜 계약직부터 시작할까?

"이…… 이럴 수는 없는 겁니다! 잠시만요! 제가 회사를 위해서 희생한 건데……!"

"희생이 아니라 피해를 입힌 거겠죠."

"차량도 드리고 그런 건데…….'

"누차 말씀드리지만 그건 자발적인 헌납입니다. 그건 이 번 사건과 전혀 관련이 없지요."

실제로 모 대학교에서는 경비원이 몇 년간 모은 4천만 원을 장학금으로 기탁한 적이 있었다. 그럼에도 불구하고 그 대학교에서 그에게 한 짓은 몇 달 후 그를 강제로 해고한 것뿐이었다.

"기업은 피도, 눈물도 없습니다."

차가운 표정으로 자리에서 일어나는 이수정 변호사를 보면서 백택선은 손이 파르르 떨렸다.

"하…… 한 번만…… 제발 한 번만……! 사장님이 시킨 겁니다! 이거 사장님이 시켜서 한 짓이고 제가 다 뒤집어쓴 겁니다!"

"그건 사장에게 따지세요. 주주님들이 결정할 게 아니니까요."

기업에서는 사장이 대빵이라고 하지만 주식회사에서는 주주들이 대장이다. 그리고 주주들이 그렇게 결정하면 자신은 할 말이 없다.

"다만 합의의 의사는 있으므로 만일 합의할 생각이 있으시면 여기로 연락을 주십시오."

차갑게 노려보면서 명함 한 장을 던지고 가는 이수정을 보면서 백택선은 손을 부들부들 떨 수밖에 없었다.

♎

"으으으……."

백택선은 엄청나게 고민할 수밖에 없었다. 너무 억울한 마음에 잠도 잘 수가 없는 지경이었다.

"이건 말도 안 돼……."

자신은 그 차를 사기 위해서 수천만 원의 빚을 졌다. 그런데 그에 대한 배상금까지 주려면 가지고 있는 전셋집뿐만 아니라 전 재산을 다 팔아도 부족하다. 더군다나 거기서 일하고 있는 아들까지 해직당하면 가족들에게는 미래가 없다.

"으으으…… 망했어……. 망한 거야……."

그가 머리를 붙잡고 고민하던 그때였다.

"백택선, 면회다."

"면회?"

'설마 가족이 온 걸까?'라는 생각에 백택선은 얼굴이 창백해졌다. 온 집안이 자신 때문에 망한다는 사실을 어떻게 알려야 할지 막막해진 것이다.

"변호사라는데?"

"변호사요? 설마 전에 온 그 여자 변호사인가요?"

"아니."

"네? 그럼?"

"노형진이라는 변호사."

무슨 소리인지 이해하지 못하던 백택선의 얼굴에 희망의 빛이 스치고 지나갔다.

"이거, 유소미 씨가 일을 잘해 줬나 본데?"

동석할 수 없으니 노형진은 유소미가 뭐라고 했는지, 잘했는지 알 수가 없다. 하지만 백택선의 얼굴을 보니 일이 잘된 것임이 틀림없었다. 그의 얼굴에서는 반가움이 넘쳐났기 때문이다.

"백택선 씨, 반갑습니다. 제가 온 건……."

"저도 묻고 싶은 게 있습니다."

"어떤 거죠?"

"사실은……."

백택선은 유소미와 있었던 일을 이야기했고 그걸 들은 노형진은 심각한 얼굴로 답했다.

"음…… 법적으로 말씀드리면 그들의 행동은 아무런 문제가 없지요."

"네에? 그럼 막을 방법이 없단 말입니까!"

"그렇습니다."

"아니, 왜요!"

"법적인 과정이니까요. 직원의 과실로 회사에 책임이 발생하면 그 책임을 구상권으로 청구할 수 있습니다. 물론 대부분의 회사들은 그 정도까지는 안 합니다. 그런 부분을 감안하고 영업하는 것도 있고 또 법적 책임이 기업에도 있으니까요. 하지만 구상권 청구가 불가능한 건 아닙니다."

백택선은 얼굴이 창백해졌다. 자신이 지금 도움을 청할 수 있는 변호사는 노형진뿐이다. 그런데 그마저도 불가능하다니.

하지만 노형진은 다음 말을 위해서 그걸 이야기한 것이었다.

"사실은 그 사실은 다른 분을 통해서 이미 들었습니다."

"이미 들었다니요?"

"설마 그 성화에서 사고를 일으키신 분이 백택선 씨 혼자라고 생각하신 겁니까?"

"아!"

건설업은 사고가 많다. 더군다나 어쩔 수 없이 과속해야하고 그 과정에서 교통사고도 많다. 거기에다 사고가 났다 하면 대형이다 보니 아무래도 그 같은 사람도 많을 것이다.

'그래…… 그랬지.'

노형진은 대룡이라는 거대 기업 소속이라고 했다. 그들이 자신을 찾아올 정도면 다른 사람 역시 찾아갔을 것이다. 그리고 그중에서 누군가 성화에게 고소당한다는 사실을 알려줬을 것이다.

'물론 그건 거짓말이지만.'

사실 백택선이 처음 찾아간 것이었고 지금도 마찬가지였다. 아마도 지금쯤 유소미는 여러 사람들을 만나면서 고소할 예정이라고 이야기하고 있을 것이다.

"그래서 말씀인데, 만일 사실을 말하면 최소한 생활은 보장할 수 있습니다."

"그게 무슨 말인지……?"

"당사자가 일으킨 사고라면 백택선 씨 혼자서 책임지지만 사장이 시켰다면 그건 기업에서 사주한 겁니다. 종업원으로서는 사장의 명령에 따를 수밖에 없으니 당연히 구상권에 대한 배상을 할 책임이 없지요."

백택선은 고개를 번쩍 들었다. 생각도 못 했던 말이기 때문이다.

"그 말이 사실입니까?"

"네, 하지만 그렇게 된다면 백택선 씨는 사고가 아니라 살인으로 들어가게 됩니다. 형량은 늘어날 겁니다. 현재 우리나라의 판례를 보면 두 배 정도 될 겁니다."

"두 배요?"

"네, 일단 자수했다는 점도 있고 거기에다가 사실상 거대기업의 명령을 거절할 수 없다는 점도 있고요."

백택선은 아무런 말도 할 수가 없었다. 자신의 형량이 늘어난다는 것은 전혀 생각하지 못한 일이었기 때문이다.

"하지만 좋은 것도 있지요."

"좋은 것?"

"네, 일단 그나마 있는 재산을 지킬 수 있다는 점도 있지만 차량을 찾을 수도 있지요."

"차량을요?"

고개를 번쩍 드는 백택선이었다.

차량의 가격은 1억. 자신들이 사는 전셋값만큼이나 비싸다. 몇 년간 감옥에 있더라도 그걸 되찾을 수 있다면 손해는 아니다. 1억을 더 벌기 위해서는 못해도 5년은 아무것도 못하고 돈을 모아야 하니까.

"이런 경우, 증여는 회사에 입사를 조건으로 증여한 것입니다. 즉, 조건부 증여가 성립하지요. 하지만 상대방은 백택선 씨에게 살인을 청부합니다. 실질적으로 그게 고용 유지라고 볼 수 없지요. 결과적으로 상대방은 조건부 증여에서 그 조건을 스스로 파기한 겁니다. 그렇다면 그 차량을 회수할 수도 있지요."

백택선은 침을 꿀꺽 삼켰다.

"그리고 말입니다."

"네?"

노형진은 몸을 낮추고 고개를 최대한 백택선에게 가깝게 했다.

"대룡에서 조건을 달더군요."

"조건?"

"자신들의 싸움에 도움을 준다면 자녀분들을 정규직으로 채용해 준답니다."

"정규직!"

정규직. 요즘 같은 시대에 꿈과 같은 단어다.

'뭐, 좋은 생각은 아니지만.'

사실 이들은 명백하게 살인범이다. 그걸 자백하는 조건으로 이들에게 혜택을 주는 것이다.

'세상은 더러운 법이니까.'

기본적으로 나쁜 짓이기는 하지만 이렇게 함으로써 더 큰 악을 제거할 수 있을 뿐만 아니라 피해자들을 구제할 수도 있다. 또한 성화건설에 치명타를 입힐 수도 있고 그로 인해서 또 다른 피해자들이 발생하는 것을 막을 수도 있다. 지금까지 피해자들은 성화 차원에서 계획적으로 살인에 끼어든 것이니 기존에 받았던 배상보다 훨씬 더 많은 돈을 받아서 유가족의 힘든 생활에 보탬이 될 수도 있다. 그리고 이들이 살인범으로서 정당하게 법의 심판을 받게 된다.

'내가 생각하는 정의에는 좀 어긋나지만.'

이 순간 기분 나쁜 것은 노형진 한 명뿐이다. 확실히 정의로운 방법은 아니니까. 하지만 노형진은 기분이 나쁘다 할지라도 결과적으로 도움이 된다면 그 방법을 취하는 걸 주저하지 않는 사람이었다.

"어떻습니까?"

노형진은 지그시 물었다.

"그……."

백택선은 잠깐 침묵을 지켰다. 하지만 선택할 카드는 그것뿐이었다. 짧게 살고 나가서 모든 것을 잃으니 차라리 자신이 희생해서 가족을 지키기로 한 것이다.

"하겠습니다."

그다음은 일사천리였다.

노형진은 백택선을 비롯한 가해자들을 모아서 한꺼번에 자수 형식으로 진술서를 받아 내서 경찰서에 제출했다. 그와 동시에 해당 진술서를 언론사로 보내는 한편 피해자들을 모아서 손해배상 소송을 진행하기 시작했다.

–주민악 대표님! 이번 사건에 대해서 어떻게 생각하십니까?

–이건 음모가 있는 겁니다! 말도 안 돼요!

–하지만 전문가들은 성화의 교통사고가 모두 사망 사고라는 점에서 의문점을 표시하고 있는데요!

–증거 있습니까, 증거!

주민악은 발악적으로 소리를 질렀다. 문제는 자수한 사람이 무려 열세 명이나 된다는 것이다.

─그들은 하나같이 사장님이 명령했다고 하던데요.

─법률 전문가들은 확실히 죽은 사람이 더 싸다는 문제에 이견이 없다고 하는데요.

─왜 사망자가 많은지 설명을 해 주십시오!

─그거야 살인범 새끼들한테 물어봐야지. 왜 억울한 나한테 합니까! 그 새끼들이 나한테 노리는 게 있는 모양인데 웃기지 말라고 그래요! 정의는 언제나 승리합니다!

노형진은 방송에서 그렇게 말하는 주민악을 보다가 코웃음을 쳤다.

"정의 같은 소리 하고 자빠졌네."

노형진은 텔레비전을 꺼 버렸다.

"왜 노 변호사는 정의라는 것 싫어하나?"

"싫어한다기보다는 대부분의 정의가 결국 기회주의자들의 변명이라는 게 싫은 거죠."

"변명?"

"네."

물론 정의라는 것은 있다. 하지만 정의를 말하는 사람들은 대부분 기회주의자에 정치인이다.

"진짜 정의로운 사람들은 위로 올라가기 힘듭니다."

"그건 그렇지."

유민택은 고개를 끄덕거렸다. 그도 이 자리에 올라오기 위해서 많은 노력을 했다. 그 과정에서 결코 정의롭지 못한 행동도 했다.

"힘을 가진 사람이 정의로우면 좋지만 힘을 가지지 못한 사람이 가진 정의는 변명일 뿐이죠."

"왠지 씁쓸한 소리군. 그래도 자네는 정의로운 편이 아닌가?"

"정의로운 편이지만 정의로운 놈은 못 됩니다."

노형진의 말에 유민택은 피식 웃었다. 맞는 말이기 때문이다.

"누군가 화장실 청소를 하려면 몸에 똥을 묻혀야 한다는 건가?"

노형진이 가끔 했던 말이다. 깨끗한 세상을 만들기 위해서는 누군가는 더러워져야 한다는 말. 그게 노형진의 신념이니까.

"맞습니다. 상대방이 더러운 방법을 쓰는데 이쪽에 깨끗하게 이긴다는 건 불가능하죠."

'그리고 그러기 위해서는 돈이 필요하지.'

돈은 더럽다. 하지만 세상을 깨끗하게 하기 위해선 돈이 필요하다.

"뭐, 좋네. 그나저나 성화에서 엄청나게 로비를 하는 모양이더군."

"그럴 겁니다. 성화건설은 작다고 하지만 알짜 회사고 현 정부에서 많아 밀어주던 곳 중 하나니까요."

성화는 현 정권에 적지 않은 로비를 한 덕분에 많은 국가 공사를 따내고 있는 중이었다.

'사실 성화건설은 이번 정권에서 상당히 많이 성장할 텐데.'

하지만 성화건설이 지금 무너지면 성화는 큰 타격을 입게 된다.

"문제는 저 녀석일세. 자네도 알다시피 공식 문서는 모조리 조작되어 있더구만."

유민택은 고개를 절레절레 흔들었다.

대룡의 힘이면 성화건설에서 벌어진 15건의 사건에 대해서 조사하는 것은 어려운 것이 아니다. 당연히 공식적인 기록을 벌써 확인한 상태였다. 15건의 사건들에 관련된 이들 중 한 명은 자살했고 한 명은 고발을 거부했다.

'멍청한 놈이지.'

자신이 고발을 안 한다고 해도 13건의 고발이 들어갔으니 당연히 그도 조사받게 된다. 결국 살인 죄는 피할 수 없는 것이다. 하지만 자수한 게 아니니 감형될 리 없고 대룡에게 협조한 것도 아니니 대룡에서 도와줄 리도 없다. 결국은 자기 무덤을 파는 것을 자초한 것이다.

"압니다. 그래서 고민을 좀 하고 있습니다."

"지금 양측 다 총력전일세."

"그렇겠지요."

대룡은 성화에게 치명타를 먹일 수 있는 사건이기 때문에 전력을 다하고 있었고, 성화는 여기서 밀리면 그나마 성장하고 있는 기업이 흔들리기 때문에 전력을 다해서 로비를 하고 있었다.

"하지만 중요한 건 로비력이 아니라 증거죠."

"그게 문제야. 공식 증거는 대부분 성화에게 유리하거든."

당연하다. 애초에 성화가 사건을 무마하려고 했던 것이니까.

"그래서 제가 나서는 거 아닙니까?"

"증거를 구할 수 있겠나?"

이미 끝난 사건을 증거를 구하는 것은 쉬운 일이 아니다. 하지만 노형진은 자신이 있었다.

"기다리십시오. 시간은 우리 편이니까요. 후후후."

♎

"반갑습니다. 노형진입니다."

노형진은 눈앞에 있는 사람을 보면서 정중하게 인사를 건 넸다. 그러자 상대방은 불편한 얼굴이 되었다.

'그렇겠지.'

그는 진성만과 마찬가지로 손해 사정인이었다. 그리고 이 번 사건들 중 2건의 사진을 가지고 있는 사람이었다.

"사정은 들었습니다만…… 솔직히…… 좀 곤란하네요."

"이봐, 낙현이."

"성만이. 나도 알지. 그런데 난 자네 같은 프리가 아니잖 아. 이거 곤란해진다고 알잖아?"

성낙현은 프리랜서가 아니라 보험사에 속한 손해 사정인이라 그곳에서 일을 받아서 한다.

"보험사에서 안 좋아한단 말일세."

"그렇다고 이걸 덮으려는 건가?"

"그건 아니지만……. 하아, 모르겠네."

"그냥 사진만 주시면 됩니다."

"알고 있소. 하지만 그 이후에 무슨 일이 벌어질지 뻔하지 않소?"

노형진의 예상대로 그는 그 당시 찍었던 사진들을 모두 보관하고 있었다. 디카로 찍다 보니 찍는 사진이 제법 많았고 위에서는 성화의 사주를 받고 사건을 덮기 위해서 현장이 제대로 안 나온 사진만 골라서 썼다.

'즉, 제대로 현장이 찍혀 있는 사진이 저 사람한테 있다는 거지.'

만일 그걸 가지고 간다면 로비고 뭐고 가장 강력한 증거가 될 것이다. 하지만 그게 문제였다.

"이거 여럿 다쳐. 알잖나?"

이런 사건 은폐를 보험사가 해 줄 리 없다. 살인이면 자신들이 보험금을 지급할 이유가 없다. 그에 반해 사고라면 돈을 줘야 한다. 당연히 보험사가 나서서 해 줄 리 없다.

"내 위로 몇 명이나 다칠지 알면서 그러나."

성낙현은 그걸 걱정하고 있었다. 이걸 공개하면 당연히 성화로부터 돈을 받고 사건을 감췄던 사람들에게 징계가 떨어질 것이다. 당연히 자신에게 보복이 올 것이다.

"만일 이걸 공개하면 내가 곤란해져. 그 인간들이 바보도 아닌데 날 쓰겠나?"

그게 문제였다.

"끄응……."

진성만 역시 프리랜서로 활동하기 전에 보험사 소속으로 일해 봐서 성낙현이 왜 저런 소리를 하는지 모르지는 않았다.

"물론 저기 변호사님이 하는 말씀도 맞아. 틀린 건 아니지. 하지만 내가 죽겠는데 남한테 신경을 쓰게 생겼나."

그는 한숨을 쉬면서 고개를 푹 숙였다.

'역시 그런 건가?'

세상에 공짜는 없다. 사람에게 공짜로 올바른 일을 하라고 했을 때 그걸 하는 사람도 적을 텐데 만일 올바른 일을 했을 때 그게 불이익을 돌아온다면 누가 하려고 하겠는가?

'뭐, 애초에 공짜로 줄 거라 생각하진 않았지만.'

노형진은 성낙현을 바라보았다.

"그럼 적당한 조건이 있다면 주실 수 있습니까?"

"조건?"

"네."

성낙현은 갑자기 관심을 보였다. 노형진이 어떤 사람인지는 대충 진성만에게 들어서 알고 있었다. 사실 조건만 맞는다면 주는 건 어려운 일도 아니다.

'이번 사태에서 나도 자유롭지는 않으니.'

이번 조작 사건을 일으킨 건 자신의 윗선이다. 자신의 보고서를 조작한 것도 그들이다. 하지만 자신은 그걸 알고 모른 척했다.

'그동안의 행태를 보면 나한테도 책임을 묻겠지.'

그렇다면 자신은 더 이상 거기서 일하지 못하는 게 확실하다. 그래서 노형진이 만나자고 했을 때 힘들다 힘들다 하면서도 자리에서 안 일어나고 있었던 것이다.

'참 웃기네.'

노형진은 약간 씁쓸했다. 정의를 지키기 위해서 거래해야 한다니 말이다.

'하지만 그렇다고 뺄 생각은 없지.'

노형진은 성낙현을 바라보면서 단도직입적으로 말했다.

"새로운 거래처라면 어떤가요?"

"새로운 거래처?"

"네."

"흠······."

"대룡요."

"대룡?"

"네."

대룡이라는 말에 그는 솔깃해졌다.

대룡이면 요즘 급성장하고 있는 기업이었다. 원래는 9위였지만 성화와 전쟁하면서 그들이 하던 것을 야금야금 집어삼키더니 벌써 재계 8위까지 올라간 상황.

"아시다시피 대룡에는 수많은 차량이 있지요."

"그렇지요."

"하지만 그 대룡에는 보험회사가 없습니다. 모두 타사 상품이지요."

"그거야 알고 있지요?"

"그러면 제가 무슨 조건을 달고자 하는지도 알고 있겠군요."

성낙현은 침을 꿀꺽 삼켰다. 대룡에 속해 있는 차량은 많다. 당장 건설 회사에 속한 것도 있고 각 기업체별로 소위 말하는 업무용 차량이라는 것도 많이 가지고 있다. 그리고 노형진이 말했다시피 대룡은 따로 운영하는 보험사가 없어서 모두 다른 보험사에 가입해야 한다.

'그리고 그걸 그냥 넘어갈 대룡이 아니지.'

대룡이 바보도 아닌데 보험사들이 자기들끼리 짜고 지분을 조절하는 걸 모를 리 없다.

우리나라에는 사고가 나면 100 대 0이 없다는 말이 있다. 사고라는 게 여러 가지 이유로 나는 것도 원인이지만 다른 원인은 보험사들의 일종의 협잡이다. 양쪽 다 사고가 있는 것으로 처리하면 그만큼 보험료가 올라가기 때문이다.

"대룡은 사고가 나면 당연히 손해 사정인을 부릅니다. 그리고 대룡은 기본적으로 손해 사정인을 고용하지요."

성낙현은 침을 꿀꺽 삼켰다.

대룡은 대기업이다. 당연히 보험사보다 연봉도 많다. 더군다나 보험사는 그 특성상 가입되어 있는 차도 많아서 쉴 틈 없이 돌아다녀야 한다. 그에 반해서 대룡은 딱 자기들 차들만 가야 한다. 그리고 그 차들이 매일 사고가 나는 것도 아니다.

"어떻습니까?"

"음……."

성낙현은 고민에 빠졌다. 하지만 노형진은 직감적으로 이미 그가 넘어왔다는 걸 느낄 수 있었다.

'안 넘어올 리 없지.'

어차피 이번 사태로 보험회사에서 팽 당할 것은 당연한 일. 그런 상황에서 성낙현의 선택은 그다지 많지 않았다.

"거절하신다면 어쩔 수 없고요. 저희도 다른 방법을 찾는 수밖에요."

그가 시간을 끌려고 하는 듯하자 노형진은 슬쩍 발을 빼는 척했다. 그리고 그걸 느낀 성낙현은 덥석 미끼를 물었다.

"확실하게 보장해 주실 수 있는 겁니까?"

"그럼요."

노형진은 그렇게 말하면서도 약간은 양심에 찔렸다. 사실 이 약속은 즉흥적으로 한 약속이기 때문이다. 대룡에서는 이런 것에 대해서 전혀 알지 못한다.

'뭐, 자리는 만들어 주겠지.'

그래도 노형진이 믿는 건 대룡이 성화라면 이를 갈고 있기 때문이다. 그런데 성화에게 한 방 먹이는 데 필요한 증거를 가진 사람이라면 당연히 두 손 들어 환영할 것이다.

"좋습니다."

성낙현은 고개를 끄덕거렸다.

"사진, 드리죠."

"후회하지 않을 겁니다, 후후후."

⚖️

주민악은 사건을 어떻게 수습하기 위해서 노력하고 있었다.

"제대로 일도 처리하지 못하는데 내가 자네를 어떻게 믿으라는 거지?"

"회장님…… 저는 그게…….."

"깔끔하게 처리하라고 했을 텐데?"

김일성의 목소리를 듣고는 주민악은 숨이 턱 막혔다.

'아…… 큰일 났다.'

김일성. 성화의 사장단인 남매의 아버지이자 성화를 일으킨 사람.

'으으으…….'

그의 소싯적 별명은 패왕이었다. 그는 회장의 직함은 가지

고 있지만 실질적으로 은퇴해서 뒤에서 바라보기만 할 뿐이
었다.

'젠장…… 젠장…….'

그런 그가 전면으로 나섰다는 것은 좋은 일이 아니다.

"요즘 들어 성화가 대룡과 싸우는 건 알고 있지. 하지만
그래도 알아서 할 거라고 생각해서 뒤에서 지켜보기만 했는
데 내가 아이들에 대한 기대가 컸던 모양이군, 이런 쓰레기
를 사장이라고 앉혀 둔 걸 보니."

"……."

주민악은 입술을 깨물었다.

'망했다.'

저 사람은 지금 자신이 부도덕한 행동에 대한 실수를 탓하
는 것이 아니었다. 그걸 제대로 감추지 못하고 일을 터트린
것에 대한 책임을 묻는 것이었다.

"수고했네, 주 사장."

그리고 마침내 떨어지는 사형선고.

"가 보게."

주민악은 고개를 푹 숙였다. 다른 사람이라면 변명이라도
해 보겠건만 김일성 앞에서는 도무지 말할 수가 없었다.

'역시 패왕이다 이건가?'

누구도 그를 바라보는 걸 인정하지 않는 그였다. 그런 그가
지금까지 참은 것도 어떻게 보면 많이 참은 것이기는 하다.

"가 보게."

명백한 축객령.

그렇게 주민악이 건물 로비로 나가자 그를 기다리고 있던 수많은 기자들과 경찰들이 다가왔다.

"주민악 사장님, 그 살인 사건을 교사한 것이 맞습니까?"

"이번에 새로운 증거들이 나왔는데요. 어떻게 생각하십니까?"

"진짜로 운전기사들에게 살인을 교사한 것이 맞습니까?"

"현재 열아홉 건의 살인 교사 혐의를 받고 있습니다만 한 말씀만 해 주십시오!"

자신을 바라보는 경찰들과 기자들의 눈빛. 그리고 한구석에서 자신을 차가운 눈빛으로 바라보는 경비원들.

'끝났구나.'

저들이 회사의 로비에 들어왔다는 것은 회사에서 방치했다는 소리밖에 안 된다. 경비원들이 그걸 선택할 힘이 없으니 그 명령을 내린 사람은 뻔했다.

"주민악 씨."

주민악 앞으로 다가오는 경찰들. 그들은 주머니에서 서류 한 장을 꺼내서 그에게 내밀었다.

"열아홉 건에 대한 살인 교사 혐의로 체포합니다. 당신은 변호사를 선임할 권리가 있으며……."

그 장면을 연신 찍어 대는 기자들. 그리고 그는 아무런 말도 하지 못한 채 경찰들에게 팔짱이 껴진 채로 건물 바깥으로 끌려 나갔다.

　같은 시각, 회사의 맨 윗층에서는 그걸 내려다보는 시선이 있었다. 아주 오랫동안 비어 있던 회장실. 그 회장실의 주인을 바라보면서 김두필은 연신 눈치를 살폈다.

　"멍청한 놈."

　"죄송합니다, 아버…… 아니, 회장님."

　김두필은 자신의 실수를 알아채고는 침을 꿀꺽 삼켰다. 김일성은 전형적인 독재자 스타일이다. 그는 자식이라고 해도 기업에서 아버지라고 부르는 것을 용납하지 않는다.

　"성화가 고작 대룡 따위에 끌려다닌다는 게 말이 되느냐?"

　"죄송합니다."

　"김화자 그 멍청한 년이 일을 제대로 할 거라 믿은 내가 실수한 거지."

　그는 고개를 돌려서 수갑을 찬 채로 끌려들어 가는 주민악을 바라보았다. 그리고 그사이 김두필은 애써 변명할 수밖에 없었다. 자신이 아무리 성화전자의 사장이고 차기 회장으로 가능성이 제일 높다고 해도 결국은 아버지의 말 한마디면 거지가 되는 게 현실이니까.

　권력투쟁? 그건 다른 사람도 아닌 아버지에게는 꿈도 꾸지 못할 일이다.

　"대룡의 실력이 상상 이상으로 좋습니다. 특히 새론이라는 법무 법인과 거기서 일하는 노형진이라는 변호사가 문제라……."

"결국은 변명에 불과하다는 걸 알고 있겠지? 모든 일을 흐리멍덩하게 처리하니 일이 이 지경이 된 거다."

"죄송합니다."

"물러가라."

"네."

김두필은 더 이상 말하지 않았다. 더 이상 말해 봐야 아버지의 분노를 자극할 뿐이라는 것을 알고 있기 때문이다.

"대룡이라……."

사실 김화자가 그곳을 집어삼키기 위해서 짠 작전을 들고 왔을 때는 한편으로는 기대했지만 또 한편으로는 주의하라고 경고하기도 했다. 그런데 정통으로 걸리는 바람에 도리어 큰 싸움만 생긴 것이다.

'새론과 노형진이라…….'

그는 김두필의 말을 곱씹었다.

하늘이 내린 천재 변호사.

가난한 자들의 친구.

정의의 신.

상대방에게는 고기 분쇄기라 불리는 노형진에 대한 보고서는 벌써 몇 번이나 봤다.

"어디 한번 얼마나 꿈틀거리는지 기대 좀 해 봐야겠군."

김일성의 얼굴에 잔혹한 미소가 떠오르기 시작했다.

"음……."

유민택은 한 장의 서류를 노형진에게 건넸다.

"김일성의 복귀라니요?"

"전임 회장이야. 사실 성화를 지금의 거대 그룹으로 키운 건 그였지."

"그래요?"

"그래."

"독한 사람인가 보군요. 좋은 사람도 아닌 것 같고요."

"그래…… 이건 심각한 문제야."

유민택의 말을 듣고는 노형진은 고개를 끄덕거릴 수밖에 없어.

'애초에 독한 사람이 아니면 성화를 이렇게 키울 수도 없지.'

대룡도 작지 않은 기업이라고 하지만 그래도 대룡은 과거부터 부자 집안의 사람들이었고 최대 주주도 집안이다. 유민택 역시 장손으로서 그 자리를 물려받은 사람이기도 하다.

"그가 복귀했다면…… 이 싸움은 힘들어질 걸세."

"그런가요?"

"썩어도 준치라는 말이 괜히 생긴 게 아니지. 나와 비슷하게 시작했고 비슷하게 성공했지만 능력만 보자면…… 솔직히 김일성 회장이 더 앞선다네."

그럴 수밖에 없다. 대룡의 유민택은 가문의 전폭적인 지지를 받으면서 대룡을 일군 데에 반해 성화는 오로지 김일성의 힘으로 일어난 기업이니까.

"아마도 다음 재판은 힘들 걸세. 그는 다른 아이들처럼 수단과 방법을 가리지는 않으니까."

"승리를 위해서는 뭐든 다 한다 이건가요?"

"필요하다면."

노형진은 유민택이 긴장하는 걸 보고 왠지 우려되었다.

'김일성이라…….'

자신이 아는 정보는 전혀 없다. 그는 원래 역사에서는 이대로 은퇴한다. 그래서 자신이 아는 게 전혀 없었다.

'별명이 패왕이라…….'

은퇴를 위해서 물러났던 그거 전면에 나섰다는 것은 한 가지 목적밖에 없다.

'끝을 보겠다 이거군.'

지금까지 자신 때문에 성화는 몇 번이나 패배했다. 그러니 그걸 더 이상 좌시하지 않겠다는 뜻이었다.

'어쩌면 싸움이 어려워질지도 모르겠군.'

노형진은 왠지 미래가 어두워지는 느낌이었다.

"안녕하세요."

"오, 유소미 양. 반가워요."

"오늘은 뭐 해요?"

"도와주면 좋지요."

노형진은 바깥에서 들려오는 목소리에 빙긋 웃었다.

'소미 양이 왔나 보네.'

유소미는 성격이 진짜 좋았다. 지난번 활약에 감동한 송정한은 그녀를 정식으로 고용했다. 아직 정보 능력을 부족하지만 그대로 그 재능이 나중에 어떻게 쓰일지 몰랐기 때문이다. 그런데 그건 다른 의미에서 새론에 힘이 되고 있었다.

"성격이 저렇게 좋기도 힘든데요."

"그러게 말입니다."

고문학은 여기저기에 참견하고 다니는 유소미를 보면서 피식 웃었다. 그녀는 사람들 사이에서 분위기를 띄우는 법을 알았다. 진짜로 끼라는 것이 있었기 때문이다. 정작 정보부 일은 아직 없어서 배우지 못하고 있지만 사람들 사이에 아주 쉽게 빠져들고 있어 사무실 분위기가 점점 좋아지고 있었다.

"저런 활달한 성격을 가진 사람이 한 명쯤 있는 것도 좋기 는 좋네요."

노형진의 말에 고문학은 피식 웃었다.

"그렇기는 하죠. 새론은 누가 법무 법인 아니랄까 봐 너무 무거워요."

아무리 새론이 다른 법무 법인에 비해서 좀 더 자유로운 편이라고 해도 법이라는 특성상, 그리고 피해자와 가해자가 있다는 특성상 분위기가 가벼울 수가 없었다.

"분위기가 전보다 훨씬 더 좋아지기는 했어요."

"이거 민폐 아닌지……."

"아닙니다. 좋기만 한걸요, 뭐."

물론 너무 가벼워도 문제다. 하지만 이곳에 오는 사람은 힘든 일을 겪고 있는 사람이다. 그런 사람 앞에서 분위기를 너무 무겁게 잡아 부담을 느끼게 만들면 그 사람은 가슴속에 있는 말을 하지 못한다.

"적당히 분위기를 띄우는 건 좋습니다. 나쁜 게 아니죠.

소미 양도 그렇고 다른 직원도 그렇고 다들 적정 수준은 알고 있으니까요."

"그렇게 말씀해 주시면 감사하고요."

고문학은 약간은 걱정스럽게 유소미를 바라보다가 씩 웃었다.

"그런데 저한테 부탁하실 게 있다고요?"

아침나절 고문학은 노형진에게 부탁할 게 있다는 이야기를 전해 왔다. 그래서 노형진은 오후에 시간이 나면 와 달라고 했다.

"네."

"뭔가요?"

"시간 있습니까?"

"네."

"그럼 잠시만 안으로……."

휴게실이 아니라 안으로 들어가자는 고문학의 말에 노형진은 회사 일이 아니라 업무에 관련된 일이라는 생각을 했다.

그리고 안으로 들어가서 시작된 이야기는 아니나 다를까, 고문학의 흔치 않은 부탁으로부터 시작되었다.

"꺼내 주고 싶은 녀석이 있다고요?"

"네."

고문학의 부탁은 간단했다. 현재 살인으로 감옥에 들어가 있는 놈이 있는데 그 녀석을 꺼내 주고 싶다는 것.

"왜요?"

"쓸 만한 녀석입니다. 넉살이 좋아서 마당발로 통하죠. 그 녀석을 영입하면 정보 계통에 상당한 도움이 될 겁니다."

"흠……."

확실히 요즘 정보 계통은 무척이나 바쁘고 인력도 부족해서 고문학이 사람을 확충하고는 있다. 새론에서 한 번이라도 정보의 힘을 느껴 본 사람은 과거처럼 단순히 법만 가지고 장난치는 식의 변론은 못 한다. 재미도 없거니와 승률 자체가 다르기 때문이다.

'하긴 정보 부서를 늘리기는 해야 하는데.'

공식적인 명칭은 전략정보실. 하지만 실질적으로 승리하기 위해서 필요한 정보를 얻어 주는 역할을 한다. 과거에 변호사들이 직접 뛸 때보다 빠르고 확실하며 효과적이다.

'하지만 아무리 그렇다고 해도…….'

사실 정보 계통에서 일하는 사람이 한두 명도 아닌 데다 새론은 정규직인지라 전략정보실에 오고 싶어 하는 사람도 많다. 그런데 하필이면 감옥에서 살인으로 들어가 있는 사람이라니.

'평소의 고문학 팀장님이라면 있을 수 없는 일인데.'

노형진은 다른 이유가 있다는 사실을 어렵지 않게 알 수 있었다.

"그 사람과 관련된 다른 이유가 있을 것 같은데요."

"그게……."

"말씀하세요. 어차피 필요한 사람이라면 개인적인 친분이 있다는 게 문제가 되지는 않습니다. 하물며 정보 팀 업무의 절반은 인맥 관리 아닙니까?"

"휴우, 사실은 그 녀석은 넉살이 좋아 사람을 끌어당기는 힘을 가지고 있습니다. 그런데 사람을 너무 잘 믿어서요."

"너무 잘 믿는다?"

"네, 어떤 녀석 부탁을 들어줬는데 하필이면 그게 살인이랑 엮여서……."

"네에?"

노형진은 얼굴을 살짝 찡그렸다.

"설마 '감옥에 갔다 오면 가족들을 보살펴 준다.' 같은 겁니까?"

"그럴 리가요. 그 정도로 바보는 아닙니다."

고문학의 말에 따르면 그가 누군가의 부탁을 받고 돈을 주러 갔는데 그 돈을 받기로 한 사람, 즉 채권자가 가 보니까 죽어 있더란다.

"그게 무슨……."

"함정에 빠진 모양이더군요."

황급하게 도망쳤는데 자기 흔적은 사방에 남아 있었고 주기로 한 돈을 알고 보니 위조지폐였단다.

"얼마 후에는 그곳에서 그 녀석의 지문이 묻은 칼까지 나왔습니다. 거기에다 그 칼은 상처랑 정확하게 들어맞았구요."

"그래요?"

노형진은 직감적으로 계획적으로 누명을 씌운 거라는 것을 알 수 있었다.

'누군지 모르지만 공을 들였는데?'

지금까지 수많은 사람들을 변호했지만 다들 어쩌다가 누명을 쓰거나 오해로부터 누명을 쓴 거지, 이렇게 계획적으로 누명을 쓴 것은 처음이었다.

"거기에다 CCTV에는 그 녀석만 찍혀 있었고, 의사가 검시한 시간도 그 녀석이 도망쳐 나온 시간이랑 얼추 맞았습니다. 그래서 경찰에서는 그 녀석이 위조지폐로 돈을 갚으려고 하다가 실패하자 준비해 둔 칼로 죽인 것으로 보고 있습니다."

"흠…… 그 사람, 이름이 뭡니까?"

"강성태입니다."

"개인적인 친분은요?"

"그게……."

약간 주저하는 고문학. 노형진은 그를 보며 피식 웃었다.

"주저하지 말고 말씀하세요."

"빵 동기…… 아니, 후배입니다."

노형진은 그가 왜 부탁하는 걸 힘들어 했는지 알 것 같았다.

"그 녀석이 아주 나쁜 놈은 아닙니다. 그 당시에 빵에서 3개월 동안 산 것도 부모의 학대를 피해서 가출했다가 라면을 훔쳐 먹어서 그런 겁니다."

"그래요?"

"네."

고문학이 저런 식으로 부끄러워하는 데에는 다 이유가 있다. 정보 팀은 사실상 가끔은 불법적으로 일해야 하는 경우도 있다. 그리고 대부분 노형진이 정보 팀을 꾸리기 전부터 그쪽 계통에 있던 사람들이다. 그런 상황이다 보니 어쩌다가 경찰과 엮이는 경우도 있는 것이다.

"가출한 녀석치고는 넉살이 좋더군요."

교도소에 들어와서 슬퍼하거나 그럴 줄 알았더니 먹여 주고 재워 주고 운동도 시켜 준다며 자기 부모도 못해 준 걸 해준다고 피식거리면서 웃던 녀석이란다.

"그래서 정보 계통으로 끌어들인 겁니까?"

"제가 끌어들였다기보다는 제가 그 녀석에게 끌린 거죠. 그런 사람 있지 않습니까? 사람을 당기는 힘을 가진 녀석."

"있지요."

누군가는 아무 짓도 안 해도 싫은 반면 누군가는 자연스럽게 사람들에게 녹아들어 간다.

"이쪽에 재능이 있다면 그런 것이겠지요."

"그렇겠네요. 사람을 당기는 힘이라……."

난세에는 영웅이 될 수도 있는 타입이 바로 그런 타입이다. 사람을 끌어당기는 힘이 있는 사람.

"그럼 뒤집어씌운 녀석은요?"

"오마중이라고 합니다. 뭐, 이 바닥 녀석이기는 한데 질이 좋은 녀석은 아닙니다. 실력도 없고요. 소문으로는 경마에 빠져서 산다고 하더군요."

"경마?"

"네."

노형진은 머릿속에서 그림이 그려지기 시작했다. 경마에 빠져서 돈을 빌렸는데 갚을 방법은 없고, 그렇다고 그를 죽이자니 자신이 범인인 걸 천하가 다 알게 된다.

"그 피해자가 사채놀이를 했나 보군요."

"네."

"멍청했네요."

"멋모르고 그런 거죠."

피해자인 박두민은 경마에 빠진 그에게 돈을 빌려준 것이다. 나름 고이자라고 좋아했겠지만 사채놀이를 하는 인간들이 조폭을 끼고 일하는 데에는 다 이유가 있는 것이다. 그래서 그들은 누군가 만날 때 꼭 조폭과 동행한다. 무슨 일이 터질지 모르니까.

"그런데 돈을 받겠다고 집까지 끌어들이다니."

"그러니까 문제죠."

"흠……."

노형진은 잠시 고민하다가 고개를 끄덕거렸다.

"이건 상당히 재미있는 사건이네요."

"재미있는 사건?"

"사실 한국에는 외국과 다르게 이렇게 체계적으로 누명을 뒤집어씌우는 사건이 많지 않거든요."

한국에서 벌어지는 대부분의 사건은 우발적인 살인이나 계획범죄다. 하지만 계획적으로 살인하고 난 후 그걸 다른 사람에게 뒤집어씌우는 경우는 극히 드물다.

"고문학 팀장님은 강성태가 안 했다고 확신하십니까?"

"네, 확신합니다. 다른 녀석은 몰라도 그 녀석은 절대로 살인할 녀석이 아닙니다. 사람을 좋아해서 어울리기 좋아할 뿐이지, 사람을 해칠 성격은 아닙니다."

노형진은 고개를 끄덕거렸다.

"그럼 이번 사건은 제가 도전해 보지요."

이렇게 노형진은 처음으로 누명을 씌운 사건에 도전해 보기로 했다.

⚖

"내가 하겠네."

"송 대표님이요?"

"나는 재미 좀 보면 안 되나?"

송정한은 히죽거리면서 웃었다.

"돈놀이는 지겨워."

"희망자 많은데."

"내가 대표야."

"끄응……."

어디서 소문이 났는지 사람들이 너도나도 자신이 하겠다고 나섰다. 무태식은 아예 자기에게 시켜 달라고 찾아왔고, 손예은은 슬쩍 눈치를 보면서 주변을 뱅뱅 돌았다. 하지만 최종 승자는 따로 있는 듯했다.

"아니꼬우면 승진하라고 해! 그래 봤자 나보다 더 승진은 못하겠지만! 으하하하!"

"그렇게 하고 싶으신가요?"

"이런 사건이 어디 흔한가?"

누군가에게 체계적으로 죄를 뒤집어씌우는 사건은 흔하지 않다. 당연히 그걸 깨는 일종의 승리감도 있다. 더군다나 다들 노형진의 영향으로 사건을 파고드는 그 느낌을 알게 되면서 이번 사건이 참으로 재미있어 보인 것이다.

"그렇게까지 말씀하신다면야……."

노형진은 고개를 끄덕거렸다. 평소에 대표임을 잘 티를 내지 않는 송정한이 대표의 힘으로 밀어붙이는 걸 보니 정말 하고 싶은 모양이었다.

"으하하하! 역시 가끔은 이런 추리물도 좋지!"

'축구 잘하는 꼬맹이랑 할아버지 이름 팔아먹는 놈 때문이군.'

노형진은 이런 반응의 뒤에는 요즘 유행하는 두 만화책이 있다는 걸 알기에 피식 웃었다. 그러다가 문득 소름이 돋았다.

'그러고 보니 그 꼬맹이는 몇 명을 죽인 거야?'

자신이 회귀하기 전까지 그 완결을 보지 못했다는 생각이 문득 든 노형진이었다. 더군다나 그때까지 아직도 한국으로 치면 초등학교 1학년.

'이건 주 단위가 아니라 거의 하루 단위로 사람 죽는 꼴이네.'

"뭘 그렇게 생각하나?"

"아닙니다, 하하하."

노형진은 과거를 떠올리다가 피식 웃었다.

"그래서 이제 어쩔 건가?"

"당연히 피해자인 강성태 씨부터 만나 봐야지요."

"그러세. 바로 움직이자고. 내 할아버지의 이름을 걸고 꼭 해결하겠네."

"할아버지는 돌아가셨잖아요?"

"그러니까 걸지."

노형진은 피식 웃었다. 송정한이 과거에 어떤 책을 본 건지 드러나는 순간이었다.

⚖

"반갑습니다."

강성태는 30년 형을 받은 사람치고는 무척이나 혈색이 좋았다.

"반갑습니다. 노형진입니다."

"송정한 변호사입니다."

"아이고, 말씀 낮추세유. 문학이 형님한테 이야기 들었어유. 저를 도와주신다면서요? 저야 감사하쥬."

씩 웃는 그의 모습은 마치 가벼운 범죄를 저지른 범인의 모습이었다.

"그렇습니다만."

"아이고, 말씀 낮추시라니까유. 제가 훨씬 어린디."

"노 변호사는 성태 씨보다 더 어릴 텐데요?"

"그래도 어찌 도움 받는 처지에 형님 노릇을 해유. 원래 유비도 막내였잖아유. 그러니까 노 변호사님도 형님이쥬."

그의 넉살은 거의 뻔뻔한 수준이었다. 하지만 그건 상대방을 기분 좋게 만들어 주려고 그러는 거지, 책임을 벗어나기 위해서 그러는 게 아니었다.

"아무리 그래도 의뢰인인데⋯⋯."

"일 해결되면 거기서 일하게 된다면서유. 그럼 제 상관인데 어떻게 제가 존대를 받아유. 자, 자, 말 놓으세유. 편하게 편하게 '성태야.' 하고 부르면 돼유."

"흠흠⋯⋯ 그러면⋯⋯ 그럴까?"

송정한은 어쩌다 보니 그렇게 홀라당 넘어갔고 노형진도 그걸 보면서 피식 웃었다.

'넉살 한번 좋구만.'

이런 사람은 어디든 환영받는다. 분위기를 이끌어 주고 자신을 낮추면서 상대방을 배려하니까. 그러니 인맥이 많아질 수밖에 없다.

'인덕이라는 건가?'

"뭘 생각하세유, 형님?"

"네?"

"말씀 낮추시라니까유. 제가 불편해유."

"어…… 음…… 그럴까…….."

노형진이 어색하지만 말을 놓으려고 하자 강성태는 그제야 마음에 든다는 듯 씩 웃었다.

"그래, 이번 일에 대해서 어떻게 된 건지 다시 한 번 이야기해 주겠어?"

"그거야 어렵지 않쥬. 그 오마중 그놈의 시키가 하루는 절 부르더라구유."

그렇게 시작된 강성태의 진술.

그의 말에 따르면 오마중에 자신을 불러서 돈을 대신 갚아 달라고 했단다.

"원래 갚아야 하는 돈보다 적어서 그쪽에서 뭐라고 할까 봐 무섭다고 하더라구유."

사채다 보니 돈을 적게 주면 무슨 짓을 할지 모른다. 하지만 제3자가 가져다주면 뭐라고 못한다는 핑계를 댄 것이다.

'핑계는 좋네.'

"그래서 그 가방을 들고 갔다는 거지?"

"야."

문제는 도착해서였다. 도착해 보니 문은 열려 있고 그 안으로 들어가자 시체가 있었다는 것.

"그리고 도망쳤고?"

"그랬쥬."

"경찰에 신고는?"

"하려고 했쥬. 그런데 경찰이 먼저 들이닥치더라구유."

노형진은 살짝 눈을 찡그렸다.

'누군가 보고 있었군.'

정확한 타이밍에 들이닥친 경찰이라. 그건 불가능에 가깝다.

"그래서 현장에서 현행범으로 체포당한 거군."

"네, 그렇게 됐구먼유."

"흠……."

노형진과 마찬가지로 심각한 얼굴로 고민하던 송정한은 노형진을 바라보면서 물어봤다.

"자네가 봐서는 어떤가? 아무래도 누군가 본 것 같지?"

"네, 그런 것 같습니다."

그런데 여기서 한 가지 문제가 생긴다.

"그 돈을 받아서 바로 움직였어? 아니면 다른 곳을 먼저 갔어?"

"바로 갔쥬. 저도 무려 1억이나 되는 돈을 들고 있었더니 심정이 벌렁거려서 오래는 못 가지고 있겠더라구유. 그게 가짜인 줄은 몰랐어유."

노형진은 대충 그림이 그려지기 시작했다. 그리고 그건 한 가지 결론을 도출할 수 있게 도와줬다.

"오마중 혼자 한 건 아닌 것 같군."

"네, 이 작전을 실행하려면 아무리 봐도 세 명은 필요합니다."

"세 명이나유?"

"그래. 일단 돈을 줘야 하는 오마중. 돈을 주고 나서 따라오면 위험해. 더군다나 네가 얼굴을 알고 있으니 따라가면 의심을 받게 될 거야. 그리고 네가 움직이는 걸 따라가면서 시간에 맞게 전화해서 움직임을 통제할 녀석 한 명. 아마 그 녀석은 네가 모르는 사람일 거야. 그리고 살인을 실행할 한 녀석. 그 녀석은 기다렸다가 네가 도착할 때쯤 되어서 피해자를 죽이고 도망갔겠지."

아무리 해도 이 사건에는 세 사람이 필요하다.

"어쩐지 기가 막히더라니. 이야…… 대단들 허시네."

"넌 걱정 안 되냐?"

"전 걱정 안 해유. 성님들이 알아서 꺼내 줄 건데 뭘 걱정해유."

"실패할 수도 있어."

"에이, 그래도 괜찮아유. 먹여 주고 재워 주는데유, 뭘."

히죽 웃는 그를 보면서 노형진은 왠지 피식 웃음이 나왔다.

'넉살이 좋은 건지, 아니면 낙천적인 건지.'

"하여간 이번 사건에서 중요한 건 세 명, 혹은 그 이상이 동원되었다는 거야."

그리고 그들은 애초부터 강성태를 범인으로 몰아갈 작정이었다는 거다.

"아무래도 좀 깊이 파고들어 봐야겠네."

노형진은 왠지 흥분을 감출 수가 없었다.

"아무래도 강성태는 범인이 아닌 것 같더군요."

"그렇지요?"

"네."

물론 아주 철저하게 가면을 잘 쓰는 사람이 있기 마련이다. 하지만 여러 가지 정황을 보면 그가 누명을 뒤집어썼을 가능성이 높다.

"더군다나 이 사진을 보세요."

바닥에 쓰러진, 살해당한 피해자 박두민의 신체를 찍은 사진 경찰이 수사하면서 찍어 둔 것이다.

"여기를 보면 여러 차례에 걸쳐 칼을 찔러 넣었습니다. 이정도면 충분히 자신의 목적을 달성한 상태인데도 말이죠."

"그래, 확실히 그런 것 같네."

"이런 형태는 상대방에게 개인적인 원한을 가지고 있을 때 벌어지는 현상입니다. 하지만 강성태는 박두민을 개인적으로 알지도 못하지요."

원한이 없는 살인이라면 보통은 살 수 없는 부위를 단발적으로 찔러서 끝내는 것이 보통이다.

"역시 상대방은 원한이 있다는 뜻이군."

"네."

노형진은 심각한 얼굴로 사진을 보았다. 여기저기 찍혀 있는 사진에 따르면 분명 살인자는 원한을 가지고 있는 게 틀림없었다.

'들어가서 사이코메트리를 할 수 있으면 좋은데.'

현재는 경찰이 현장을 통제하는 상황인지라 자신이 접근하는 데에는 한계가 있었다. 정식으로 접근할 수 있게 해 달라는 신청을 하기는 했지만……

'하지만 그게 바로 나올 리 없지.'

원래는 변론에 필요하다고 하면 바로바로 처리되어야 한다. 하지만 경찰이나 검찰이나 변호사가 누군가를 풀어 주는 것을 싫어하기 때문에 시간을 질질 끄는 것이 보통이다.

'뭐, 나야 상관없지만.'

그들은 시간이 지나면서 피고인에게 유리한 증거가 사라지거나 희석되는 것을 원하는 것이지만 노형진이 그걸 모를 리 없다.

"오마중은 어떻습니까?"

"오늘도 경마장에 있다고 하더군요."

"그래요?"

하긴 도박에 빠져서 살인까지 한 놈이 그걸 고칠 리 없다.

"문제는 다른 놈들인데."

지금 상황에서 그게 정확하게 몇 명인지 그리고 누구인지 알 수 있는 방법이 없었다.

"노 변호사, 오마중을 한번 만나 보겠나?"

"오마중을요?"

"그래, 자네라면 그 사람에게서 뭐든 좀 정보를 알아낼 수 있지 않을까?"

"글쎄요……. 그 녀석이 과연 그런 것에 대해 쉽게 말할까요?"

고문학은 부정적인 의사를 표했지만 노형진은 송정한이 무슨 이야기를 하는지 어렵지 않게 알 수 있었다.

'확실히 그게 좋은 방법이기는 하지.'

노형진은 고개를 끄덕거렸다.

"그렇게 하지요. 뭐, 어려운 건 아니니까요."

상대방이 누군지 알 수 있다면 사건을 해결하는 것은 어려운 것은 아닐 거라는 생각에 노형진은 미소를 지었다.

⚖

"저 녀석입니다."

"저 녀석이 오마중?"

"네."

그를 찾는 것은 어려운 것이 아니었다. 그는 경마장 현장에 있는 게 아니라 서울에 있는 화상 경마장에 있었기 때문이다. 화상 경마장이란 경마장에서 벌어지는 경마를 중계해 주면서 베팅할 수 있게 해 주는 곳을 뜻한다.

"그런데 저 녀석에게 어떤 식으로 확인하시려고?"

"그건 다 방법이 있습니다."

노형진은 더 이상 말하지 않았다. 그리고 고문학도 더 이상 말하지 않았다. 정보 계통에서 그에 대해 자세하게 묻는 것은 금기이기 때문이다.

"그럼 이따가 뵙죠."

고문학은 서둘러 자리를 피했다.

오마중은 자신을 안다. 그리고 정보 계통에 있으니 아무래도 강성태를 꺼내 주려고 한다는 것을 알 가능성도 있다. 그런 상황에서 자신을 보면 도망갈 게 뻔했다.

"3번! 3번! 썬더 달려!"

이를 악물고 달리는 말을 보면서 오마중은 이를 박박 갈았다. 그사이 노형진은 사람들 사이를 지나가서 그의 옆에 자리를 잡았다.

-3번 마, 3번 마, 4번 마를 치고 올라갑니다! 4번 마, 3번 마 다시 역전!

아나운서의 긴장감 넘치는 중계. 그리고 거품을 물면서 달리는 말들.

―3번 마, 들어옵니다! 아, 4번 마…… 치고 올라옵니다!

"그래, 잘한다, 라이너!"

아무래도 오마중은 3번과 4번에 돈을 건 건지 목이 터져라 그들을 응원하고 있었다.

―아! 7번 마! 7번 마! 갑자기 쭉쭉 치고 나옵니다! 7번 마…… 체력을 아껴 둔 것일까요! 7번…… 7번…… 7번! 들어왔습니다!

"젠장!"

들고 있던 마권을 집어 던지는 오마중.

노형진은 그런 그에게 다가가서 슬쩍 말을 건넸다.

"아깝죠?"

"뭐유?"

대번에 노형진에게 적대적으로 대하는 오마중. 아무래도 정보 계통에 있다 보니 접근하는 사람을 일단 경계하는 버릇이 있는 모양이었다.

'하긴 작살낸 집안이 한둘이 아닐 테니.'

고문학의 말로는 그가 큰 실력이 있는 건 아니라고 한다. 그래서 보통 하는 것은 불륜 감시라고 한다. 말이 정보 계통이지, 사실상 흥신소인 것이다.

"그냥 아까워서요."

노형진은 주머니에서 구겨진 마권을 꺼내 흔들었다. 그러자 그걸 본 오마중은 자신처럼 한탕에 실패한 사람이라고 생각한 건지 표정이 누그러졌다.

"아무래도 오늘은 날이 아닌가 봅니다."

하지만 대구를 안 하는 오마중.

'이거 의외인데?'

상대방에 대한 경계심이 무척이나 강한 녀석인 모양이었다. 하긴 당연하다. 그는 살인 사건을 저지른 놈이다. 그런 상황에서 아무리 다른 사람에게 뒤집어씌웠다고 하지만 경계를 안 할 수가 없다.

'이래서는…… 쓸데없는 의심을 사겠군.'

노형진은 조용히 접근하려는 생각을 접었다. 이런 상황에서 어설프게 조용히 접근하려고 하면 도리어 도망갈 가능성만 더 커진다.

"강성태 씨가 보내서 왔습니다."

"뭐라고?"

"그분은 변호사입니다. 그분 말씀이, 당신한테 누명을 썼다고 하더군요."

"하! 무슨 말도 안 되는 헛소리를 하는 거야? 난 그런 녀석을 보낸 적도 없다고."

"거짓말하지 마시죠. 당신이 보낸 거 알고 있습니다."

노형진은 그에게 바짝 다가갔다. 그러자 그는 자신도 모르게 뒤로 주춤주춤 물러났다.

"개소리 마! 누가 보냈다는 거야!"

"누구긴 누구야! 당신이지!"

노형진이 다가가자 점점 뒤로 물러나는 오마중.

그는 눈치를 보면서 튀어 나가려고 주변을 살피기 시작했다. 노형진은 그걸 알아채고는 그의 팔을 거칠게 잡아챘다.

"놔! 놔, 이 새끼야!"

"당신이 보낸 거 맞잖아!"

"누가 보냈다는 거야! 뭔 개소리야!"

"헛소리는 당신이 하는 거고!"

팔이 잡혀서 움직이지 못하자 악을 쓰는 오마중.

그러자 경비를 서던 경비원들이 그들에게 다가왔다. 도박이 관련된 곳이다 보니 아무래도 경비원들이 제법 있었기 때문이다.

"무슨 일입니까?"

"별거 아닙니다."

노형진은 별거 아니라고 둘러댔지만 오마중은 이때라는 얼굴로 도움을 요청했다.

"아니, 이 새끼가 갑자기 와서 시비를 걸잖아요!"

"당신, 잠깐 봅시다."

노형진에게 다가오는 사람들. 그는 강제로 노형진의 팔을 떼고는 노형진을 노려보았다.

"보아하니 좀 있으신 분 같은데 여기서 이러면 안 되죠."

주변의 다른 사람과 다르게 깔끔한 양복을 입은 노형진을 보면서 경비원은 훈계조로 타이르듯 말했다.

"전 변호사입니다."

주변에서 시선이 그쪽으로 확 쏠렸다. 그리고 분분히 떠나는 사람들.

"여기서 이러시면 안 됩니다."

경비원은 더욱 강하게 몰아붙였다. 아무래도 이 경마라는 것이 국가에서 허락한 것은 맞지만 좋은 것은 아니다. 그렇다 보니 주변에서 자리를 피하는 것이 당연한 일이다. 당장 여기에 변호사가 오면 이혼소송에서 불리해질 사람이 천지이니까.

"나가시죠."

"저 인간은……."

노형진은 오마중이 있는 자리, 아니 있던 자리를 바라보고는 얼굴을 찡그렸다. 어느 틈엔가 그가 사라졌기 때문이다.

"여기서 나가세요, 경찰을 부르기 전에."

노형진에게 경고하는 경비원.

어차피 오마중이 없기에 노형진은 조용히 그곳에서 나왔다. 하지만 그의 얼굴은 결코 밝지 않았다. 물론 오마중을 놓쳐서 그런 건 아니었다.

사실 오마중을 변호사가 찾아온 것이 특이한 건 아니다. 당연히 있을 수 있는 일이다. 그러니 그가 이 자리에서 도망갔다고 해도 해외로 도피하지는 않을 것이다. 노형진이 얼굴을 찡그리는 데에는 다 이유가 있었다.

　"망할…… 어떻게……."

　그의 기억 속에서 자신이 원하는 것을 찾기 못했기 때문이다. 그리고 그건 단순히 못 읽어 낸 차원을 넘어선 일이었던 것이다.

"모른다고?"

"네."

"아니, 그게 가능해?"

송정한은 기가 막혀서 말이 안 나왔다.

"그러게 말입니다."

노형진은 오마중의 기억을 읽어 냈다. 그런데 그 기억이 당황스러워서 그도 갈피를 못 잡고 있었다.

"살인은 확실히 그 녀석의 팀이 한 것 같더군요. 그런데 정작 그게 누구인지 그리고 몇 명인지도 모르고 있습니다."

"한 명도?"

"네."

"아니, 어떻게 그게 가능해?"

자신이 한 것은 맞는데 누가 했는지 모른다는 게 말이 안 된다. 노형진은 그걸 들으면서 과거에 있었던 사건을 떠올리고 있었다.

"한 가지 가능성을 생각하면 그럴 수도 있습니다."

"그럴 수도 있다니?"

"그 녀석이 주범이 아닌 거죠."

"주범이 아니라고?"

"네, 우리가 그 녀석을 주범이라고 생각하고 접근했습니다. 하지만 그 녀석이 주범이 아니라면 가능하지요."

"응?"

송정한은 순간 멈칫했다. 그러고 보니 자신들은 그가 돈을 줬다는 것 말고는 아는 게 전혀 없다. 그리고 희생양으로 삼은 강성태가 오마중과 아는 사이였다. 그래서 주범이라 생각했다.

"미국에서 그런 사건이 있었습니다."

"그런 사건?"

"네."

미국에서 벌어진 은행 강도 사건. 그 사건은 그 당시 엄청난 논란을 불러왔는데, 그 이유가 범인은 잡았는데 돈은커녕 그 계획을 짠 주범도 못 찾았기 때문이다.

'사실 그것까지는 있을 수 있는 일이지.'

문제는 그 이후다. 그 사건의 범인들은 서로를 본 적도 없고 만난 적도 없다는 것. 그들은 누군지 모르는 자에게 익명으로 고용되었으며 각자 자기 역할만을 하는 사람이었던 것이다. 그래서 그들은 강도짓을 하면서도 고용주와 고용주의 소재커녕 같이 강도질을 한 동료조차도 몰랐던 것이다.

"그런 사건이 있었나?"

"네, 이런 사건은 복잡하다면 복잡하고, 단순하다면 단순합니다. 충분히 대면하지 않고도 사건을 저지를 수 있는 사항이지요."

오마중은 돈만 주면 된다. 더군다나 정보 쪽에 있어 희생양으로 쓸 수 있는 사람을 고르기는 쉽다. 누군가는 그가 움직이는 것을 전화만 해 주면 된다. 핸드폰은 대포폰 같은 것으로 하면 상대방이 누군지 몰라도 통화는 어렵지 않다. 그 후에 폰을 버리면 흔적은 남지 않는다.

또 누군가는 박두민을 죽이면 된다. 그 후에는 모든 것을 강성태가 뒤집어쓰면 다른 사람들은 흔적도 없이 풀려난다.

"그럼 누가 이 작전을 짠 걸까? 사람을 죽인 녀석?"

노형진은 고개를 흔들었다.

"그럴 가능성은 낮습니다."

사람을 죽인다는 것은 위험한 행동이다. 그런데 이 녀석은 자신을 드러내지 않으면서도 상대방을 죽이는 데에 성공했다. 위험을 감수하지 않는다는 뜻이다.

"프로파일상으로는 맞지 않아요. 주범은 사건에 끼어들지도 않았을 겁니다."

"뭐라고?"

"이런 지능적인 작전을 짜는 놈은 스스로 뛰는 타입이 아닙니다. 뒤에서 암약하는 놈이죠. 당연히 이런 식으로 사건을 할 때 자신이 직접 사람을 죽이지는 않습니다."

"음……."

그러면 난이도가 무척이나 쉬워진다.

"괜히 할아버지 이름을 팔았나."

송정한은 뭔지 답답한 듯 입맛을 다셨다.

"언제는 추리의 맛이 있다면서요?"

"이런 건 생각도 못 했지."

"그건 마찬가지입니다."

이렇게 체계적으로 범죄를 저지르는 녀석들은 처음 봤다. 어떻게든 오마중을 엮을 수는 있겠지만 그렇다고 강성태를 풀어 줄 수는 없다. 도리어 강성태가 그 멤버 중 한 명으로 의심받을 뿐이다.

"도대체가……."

노형진은 곰곰이 생각에 잠겼다. 상대방이 누군지 모른다면 해결하기 쉽지 않다.

'자극해 볼까?'

상대방은 누군지 모르지만 이런 계획 살인을 심심해서 하지는 않았을 것이다. 즉, 누군지는 모르지만 어찌 되었건 피해자인 박두민에게 원한이 있으니까 이런 계획을 짰을 것이다.

'그리고 가능성이 가장 높은 것은 돈이지.'

박두민은 사채놀이를 하는 사람이다. 그러니 이런 살인이 벌어질 정도로 심각한 사항이라고 하면 당연히 돈을 우선할 것이다.

"일단은 그 상대방이 누군지 좀 건드리는 게 좋겠네요."

"어떻게 말인가? 상대방은 누구인지도 모르는데."

"아무래도 원한을 가지고 있을 것 같은데 박두민의 직업적 특성상 그 가능성이 가장 높은 게 바로 돈입니다. 그리고 그럴 경우 가장 가능성이 높은 건 역시 그에게 돈을 빌린 사람이죠."

"하지만 그게 누군지 알고? 한두 명도 아닌데."

"압니다. 하지만 조금만 생각하면 그를 건드릴 수는 있지요."

"어떻게 말인가? 당사자는 죽었네. 그에게는 가족도 없고."

박두민은 평생을 홀로 살았다. 자신의 돈만 믿고 친인척과 거리를 두면서 살았다. 누군가 자신에게 도움을 요청하는 것도 싫어했다. 어찌 보면 죽어도 이상하지 않은 삶.

"친척들과 거리를 두고 살았다고 해도 법적으로는 연을 끊은 것은 아니니까요."

"그게 무슨 소리인가?"

"누군가는 유산을 상속받지 않겠습니까?"

"글쎄…… 누군가라……. 가족이 없는데 누가 받겠는가?"

"일단은 그걸 찾아봐야지요."

노형진의 말에 송정한은 고개를 끄덕거렸다.

얼마 후 고문학은 한 사람을 찾아왔다.

"이름은 박거태. 현재 지방의 모 고등학교에서 윤리 교사를 하고 있습니다. 집안에서 둘째이자 막내인 박두민의 형의 핏줄입니다. 박두민의 형은 죽었고요. 실질적으로 재산을 물려받을 유일한 사람입니다."

"그렇군요."

노형진은 고개를 끄덕거렸다.

송정한은 그의 사진을 바라보았다. 사진은 약간은 삶에 주눅이 든 듯한 안경을 쓴 깡마른 남자를 보여 주고 있었다.

"이 사람이 상속자라고?"

"네."

"노 변호사, 그런데 진짜로 알려 줄 건가?"

"그래야지요."

송정한은 한편으로는 이대로 사건을 묻어 버리는 건 어떨가 하는 생각도 들었다. 박두민에게 고통받은 사람은 한두 명이 아니다. 그가 죽음으로써 그들은 그 사채를 갚지 않아도 되었다.

"송 변호사님의 말씀도 이해는 갑니다. 심적으로도 어느 정도는 동조하고요. 하지만 살인범들은 그걸 노리고 살인한 겁니다. 만일 여기서 그냥 물러나면 똑같은 일이 벌어질 수도 있습니다."

"음…….."

박거태에게 상속에 대해 알려 준다는 것은 그 빚을 갚아야 한다는 소리다. 채권도 상속재산에 들어가니까.

"지금은 우리 의뢰인을 꺼내는 걸 생각해 보죠."

"하아, 그러세."

송정한은 약간은 안타까운 듯 입맛을 다셨다.

⚖️

"재산요?"

"네, 120억 정도 됩니다."

박거태는 얼떨떨한 얼굴이었다. 갑자기 변호사가 나타나서 한다는 말이 자신이 작은아버지의 유일한 상속자란다.

"돌아가신 거 모르셨습니까?"

"네……. 아무래도 우리 집안과는 연을 끊고 지내신 분인지라…….."

"현재 그분의 시신은 영안실에 안치되어 있습니다."

"그런가요?"

박거태의 표정은 담담했다. 노형진은 그를 보면서 되물었다.

"사이가 좋지 않으셨나 봅니다?"

"뭐…… 좋다고는 말 못 하겠네요……. 저희한테도 사채 이자를 받던 분이니."

"돈을 빌리셨습니까?"

"아버지가 암으로 입원하셨을 때요."

그때도 작은아버지는 무지막지한 이자를 붙여서 자신들에게 빌려줬었다.

"옛날이야기네요, 벌써 10년이나 지났으니."

"그래서 연을 끊으셨나요?"

"네, 아버지가 돌아가시고 난 후에 연을 끊었습니다. 가지도 않았구요."

'쩝…… 어찌 보면 아주 자초한 거구만.'

자기 형이 죽어 가는데 거기에다 대고 사채놀이를 하다니, 기가 막힐 지경이었다.

'의뢰인만 아니면 모른 척하고 싶어지네.'

하지만 의뢰인을 꺼내기 위해서는 진범을 잡아야 한다.

"그런데 그걸 저한테 알려 주시는 이유가 뭐죠?"

"아무래도 진범이 따로 있으니까요."

"진범? 지금 잡혀 있는 사람이 진범이 아니라고요?"

"네."

노형진은 고개를 끄덕거렸다.

"그분은 저희 의뢰인입니다. 함정에 빠지신 거죠."

"함정……."

"일단은 이번 사건에서 그 함정을 판 사람을 찾아야 합니다. 그러기 위해서는 박거태 씨의 도움이 필요합니다."

"제 도움요?"

"네."

노형진은 박거태에게 진지하게 도움을 요청했다. 범인을 잡기 위해서는 그 수밖에 없었기 때문이다.

"이번 사건이 벌어진 이유는 다름 아닌 돈 때문입니다. 누군가 돈을 갖지 않기 위해서 벌일 가능성이 높은 거죠."

"그럼?"

"하지만 박거태 씨가 상속을 받는다면 이야기는 달라집니다. 당연히 그가 움직일 가능성이 높아지지요."

"제가…… 위험해지는 거 아닌가요?"

"그럴 수도 있습니다. 하지만 대신에 120억에 달하는 막대한 자산을 물려받을 수 있게 되지요."

박거태는 아무런 말도 하지 못하고 눈치를 살피고만 있었다.

"하이 리스크 하이 리턴이라는 말이 있지요."

노형진은 말을 하면서 박거태의 눈치를 살폈다.

박거태는 고민하는 듯 침묵을 지키다가 고개를 끄덕거렸다.

"하겠습니다."

"누차 말씀드리지만 이건 생명이 달린 일입니다."

"하겠습니다. 작은아버지가 밉기는 하지만 돈이 필요한 시대니까요."

"알겠습니다."

노형진은 고개를 끄덕거렸다.

"그러면 바로 수속을 밟아 드리지요. 그 대신 조건을 좀 달아도 되겠습니까?"

"조건?"

"수임료를 채권으로 받고 싶습니다."

"채권으로 받다니요?"

"저희가 수임료를 받아야 합니다. 아무래도 유산상속에 관한 건은 전혀 다른 거니까요. 그걸 그만큼의 채권을 구입하고 싶다는 말씀입니다."

약간 고민하는 박거태. 노형진은 그런 그를 설득했다.

"채권을 전부 다 달라는 건 아닙니다. 다만 받을 가능성이 낮은 것에 한해서 달라는 겁니다. 일반적으로 채권 할인율이 20%니까 저희는 30% 쳐 드리겠습니다."

"흠……."

채권 할인율이란 악성 채권을 추심 업체에 넘기는 조건을 말한다. 가령 채권이 100만 원짜리인데 악성이라서 받아 내기 힘들거나 하면 채권자는 그걸 추심 업체에 20%인 20만 원에 판다. 추심 업체는 그걸 독하게 받아 내서 40%만 받아 내도 수익이 남는다.

"어차피 받기 힘든 채권 아닙니까? 그렇게 독종이었던 박두민 씨도 못 받았던 겁니다. 손해는 아닐 텐데요?"

"그럼 그렇게 하지요."

"감사합니다."

노형진은 사인을 받으면서 미소를 지었다.

송정한은 노형진과 나오면서 빙긋 웃었다.

"좋은 생각이군."

"네?"

"채권으로 받은 거 말이야. 그 채권을 모두 받지는 않을 거 아닌가?"

아마도 송정한은 그 채무자 중에서 불쌍한 사람들의 빚을 탕감해 주려고 한다고 생각한 모양이다.

"뭐, 그런 것도 있지만……."

"다른 생각이 있는 건가?"

"네."

노형진의 말에 송정한은 고개를 갸웃할 뿐이었다.

"뭐, 나중에 보면 알겠지요. 일단은 계획대로 진행하지요."

⚖️

얼마 후, 새론은 유산상속 과정을 깔끔하게 정리하기 시작했다. 사망한 박두민의 재산을 정리하고 박거태에게 넘겨주었다. 그리고 그 과정에서 노형진이 필요한 자료를 구할 수 있었다.

"생각보다 많지는 않네요."

"아무래도 개인적으로 사채놀이를 하는 사람이었으니까요."

기업도 아니고 개인적으로 사채놀이를 하는 사람이었기

때문에 돈을 빌려간 사람들은 육십여 명. 그 금액은 천차만별이었다. 적게는 몇백에서, 많게는 2억까지. 그중 오마중이 빌려간 돈은 1억 2천만 원.

"일단은 3천만 원 이하로는 제외하죠."

"어째서?"

"글쎄요……. 3천만 원이라는 돈이 비싸기는 하지만 살인을 불사할 정도는 아닌 것 같아서요."

"하긴……."

물론 사람마다 다르기는 하다. 하지만 3천만 원이라는 돈이 살인을 불사할 사람은 없다. 돈을 갚지 못하는 것과 사람을 죽이는 것은 전혀 다른 문제니까.

"남은 것은 스무 명 정도군."

"흠……."

노형진은 그 기록을 보면서 그들에 대해서 알아내려고 했다. 물론 고문학에게 부탁하면 찾아 주겠지만 스무 명이나 되는 사람에 대해 조사하는 것은 상당한 시간이 걸리는 일이다.

'단순히 기록을 봐서 알 수는 없다……. 분명 주범도 기록을 보면서 함께 일할 사람을 골랐을 거야. 기록을…… 어?'

노형진은 기록을 정리하다가 문득 이상하다는 생각이 들었다.

'어떻게 된 거지?'

그는 이 기록을 얻기 위해 재산을 넘겨주는 유산상속 과정에 끼어들었다. 그만큼 이 개인적인 채권 기록을 구하는 것은 쉬운 일이 아니다. 그런데 그걸 넘겨받았다?

"흠……."

노형진은 한참 입을 다물고 컴퓨터 화면을 노려볼 뿐이었다.

"노 변호사, 뭐 하나?"

"네?"

한참 그러고 있는데 들어온 송정한의 말에 퍼뜩 정신을 차린 노형진.

"아닙니다. 그냥 뭐 좀 생각하느라고요."

"그래서 사람을 좀 골랐나?"

"대충요. 일단 이 사람이 의심스럽습니다."

노형진은 채권 각서 한 장을 꺼내서 내밀었다. 거기에는 20대 후반으로 보이는 남자의 주민등록증 복사본이 함께 붙어 있었다.

"이 기록에 따르면 핸드폰 가게를 한다고 되어 있더군요."

"핸드폰 가게?"

"네, 요즘 우후죽순으로 생기고 있죠."

핸드폰 가게가 이렇게 우후죽순을 생기는 이유는 간단하다. 그들이 매달 엄청난 양의 핸드폰을 팔아서는 먹고살 수 없기 때문이다.

이들이 버틸 수 있는 건 매달 나오는 지원금 덕분이다. 쉽게 말해서 이 핸드폰 회사에 가입시키면 그 고객이 가입되어 있는 동안에는 일정 부분의 돈이 지원금으로 나온다. 즉, 충분한 가입 고객만 확보되면 손님이 없어도 가게는 버틸 수 있는 것이다.

'그 덕분에 글로벌 호구가 되어 가는 거지.'

노형진은 몇 년 후에 만들어지는 법을 생각하고는 피식 웃었다. 현실을 전혀 모른 채로 만들어진 법 때문에 도리어 핸드폰 요금은 오르기만 하는 현실.

"흠…… 확실히…… 그가 중간 역할을 했을 가능성이 높군."

아무리 이들이 서로에 대해서 모른다고 하더라도 서로 연락할 방법은 찾아야 한다. 당장 오마중에게서 돈을 받은 강성태가 움직이는 것을 살인범에게 알리기 위해서도 핸드폰이 필요한데, 이 정도로 계획을 짠 녀석이 멍청하게 자기 핸드폰을 썼을 리 없다.

"이 녀석이 그 폰을 공급했겠군."

"네, 업자라면 대포폰 몇 개 만드는 건 어려운 일이 아니니까요."

"이 녀석이 감시 역까지 같이 했을까?"

"그럴 가능성이 높지요."

일단 첨부된 한 명. 그럼 두 가지 과정이 완성된다. 돈을 준 자와 강성태의 움직임을 감시하면서 알려 준 자.

"남은 건 살인을 직접 실행한 사람일 겁니다."

"그게 쉽지 않군."

"그러게 말입니다."

아무리 사람이 독하다고 해도 사람을 죽이는 것은 쉬운 일이 아니다. 전쟁 같은 상황에서 죽이지 않으면 죽는 상황에서도 사람을 죽이면 정신적으로 쇼크를 먹는 것이 인간인데 하물며 이런 평화로운 때에 죽인다는 건 더욱더 큰 충격이 된다.

'그런 사람은 분명 얼마 안 될 거야. 한 1억 이상 대출한 자 중 한 명일 가능성이 높다. 범인도 그런 걸 기준으로 삼아서 실행할 사람을 구하겠지.'

희생양을 구하고 돈을 전달해 주거나 그를 미행하면서 움직임을 알려 주는 것도 부담스러운 것이 사실이다. 그런데 살인이라니…….

"잠시만요."

노형진은 뭔가 생각난 듯 현장 사건 파일을 꺼내 들었다. 그리고 피해자의 시신이 찍혀 있는 부분을 뚫어지게 바라보았다.

"뭔가?"

"흔적을 좀 볼까 생각 중입니다."

"흔적?"

"네, 문득 상처가 너무 깔끔하다는 생각이 들어서요."

"그런가?"

"네."

경찰은 이게 강성태가 범인이라는 증거라고 했다. 그는 전과가 있고 또 정보 계통에서 일했으니 솜씨가 있다는 것이다.

'완전 개소리지.'

그건 말도 안 되는 소리다. 이런 깔끔한 것은 일하는 장소가 문제가 아니라 숙련도의 문제다. 아무리 이런 바닥이라고 해도 직접 손에 칼을 잡을 일은 없다.

"이 기록에 따르면 피해자는 단 한 번에 찔렸습니다. 갈비뼈 사이의 폐를 찔렀지요."

"그래서?"

"이걸 한번 잡아 보시겠어요?"

노형진은 송정한에게 칼처럼 생긴 은박지를 건넸다. 그걸 받아 든 송정한은 얼떨결에 그걸 잡았다.

"이게 왜?"

"보다시피 일반적으로 칼을 잡으라고 하면 사람들은 칼날을 아래로 해서 세로로 잡습니다."

"아…… 그렇군."

그런데 상처는 명백하게 가로로 나와 있다.

"가로로 되어 있으면 갈비뼈 사이의 좁은 틈을 쉽게 들어가지요."

"설마?"

"그쪽 계통으로 있는 사람입니다."

"그럼 이 사람일 가능성이 높겠군."

누군가 생각난 건지 송정한은 서둘러서 파일을 뒤지더니 한 남자의 파일을 꺼내 들었다.

"확실히 그렇군요."

기록에 따르면 그는 고기 장수였다. 얼마 전 정육점을 열었다가 구제역 파동으로 인해 그대로 망해 버린 사람이었다. 더군다나 그의 빚의 수준은 1억 5천이다.

"정육점이 돈이 되기는 하지만 이런 경우는 부담스럽지요."

"그렇겠지."

송정한도 고개를 끄덕거렸다.

"아마도 주범은 이런 식으로 증거를 모았을 겁니다."

"음……."

기록을 보면서 자신이 실행하고자 하는 작전을 준비했을 것이다.

"그리고…… 다음 작전을 실행할 사람은…… 운전사겠군요."

"운전사?"

"네."

"웬 운전사? 세 명이라고 하지 않았나?"

"추정이었지요. 하지만 현장을 답사하면서 한 가지를 알아차렸습니다. 그곳은 CCTV 천지더군요."

"그렇겠지. 부잣집이니까."

"그런데 살인범이 들어가는 장면은 없었습니다. 이상하지 않습니까?"

"그렇기는 하더군."

분명 정문으로 들어가는 것은 단 한 사람, 강성태뿐이다. 그의 말로는 들어갔을 때 막 죽었다고 하니 분명 그곳에서 강성태가 오기를 기다렸다가 죽이고 도망갔다는 뜻이 된다.

"그거랑 운전사가 왜?"

"아마도 열쇠 기술을 가진 운전사일 겁니다."

"……?"

"칼에서 강성태의 지문이 나왔습니다. 기억하시죠?"

"그렇지?"

"강성태도 자신이 집에서 쓰던 칼과 같은 거라는 점을 인정했고요."

"그 부분은 좀 이상하더군."

"만일 칼을 바꿔치기한 거라면요?"

"응?"

송정한은 고개를 갸웃했다.

"지문이 있는 흉기를 얻는 건 어려운 일이지요."

물론 사람은 여기저기에 흔적을 흘리고 다닌다. 당장 사람의 지문을 불법적으로 얻고자 한다면 그다지 어려운 일이 아니다. 유리컵에 커피만 마셔도 지문이 남고 캔 콜라 하나만 마셔도 지문이 묻는다.

"하지만 완벽한 지문을 얻는 건 힘듭니다. 더군다나 그걸 이식하는 것은 전혀 다른 문제죠."

칼에 지문을 묻히려면 그가 어떤 자세로 칼을 잡아야 하는지 안다.

"하지만 같은 종류의 칼과 바꿔치기하는 건 어려운 게 아닙니다."

"그래서?"

"그렇다면 이 사람이 가장 강력한 후보인 것 같더군요."

마지막 한 사람. 그는 열쇠공이었다. 자신의 차량이 있고
문을 열 수도 있다.

"그리고 그의 차량은 봉고입니다. 아시다시피 봉고의 천
장이 다른 차량에 비해서 상당히 높습니다. 그 위로 올라서
면 담벼락을 넘어갈 수 있을 정도이지요. 더군다나 영업용
차량인 만큼 그곳에 서 있는다 해도 사람들에게 이상하게 생
각되지 않습니다."

"그렇겠군."

그 동네는 명백하게 부촌이다. 싸구려 차량이 돌아다니거
나 오래 정차해 있으면 뭔가 이상하다고 생각할 수도 있다.
하지만 '○○열쇠'라고 쓴 차량이 서 있으면 누가 열쇠공을
부르겠거니 했을 것이다.

"게다가 차의 크기가 작아 CCTV가 없는 좁은 골목으로
들어가기도 좋지요."

물론 움직이는 모습은 찍혔겠지만 업무용이니 경찰의 의
심을 피할 수도 있다.

"그리고 한 가지 확실하게 알아볼 것이 있습니다."

"알아볼 것?"

"위조지폐 말입니다."

"아!"

저들 중에서 위조지폐를 확보할 수 있는 사람은 없다. 위조지폐는 구하기 쉬워 보이지만 컬러 복사기로 복사하면 확연하게 다르게 나온다. 특수 물감을 쓰기 때문이다.

"결과적으로 위조지폐는 주동자가 구했을 가능성이 높거든요."

"하지만 쉽지 않을 텐데?"

그가 직접 나섰다는 것은 그만큼 꼬리를 감출 자신이 있다는 소리다. 이번 사건에서 그는 절대 모습을 드러내지 않았으니 말이다.

"압니다. 하지만 해 봐야지요."

어쩌면 고문학이 찾아낼 수 있을지도 모른다는 생각에 노형진은 생각이 많았다.

"그러면 어쩔 건가?"

"일단은…… 열쇠공을 털어 봐야지요. 다른 녀석들은 접점이 없었지만 열쇠공은 강성태의 집에 가야 하고 범인을 태우고 다녔어야 했으니까요."

"그렇군!"

최소한 직접 살인한 녀석과는 접점이 있다는 소리다.

"잡을 수 있는 놈부터 하나씩 잡아 봐야지요."

노형진은 열쇠공을 사진을 보면서 탁자를 톡톡톡 두드리기 시작했다.

범인은 이 안에 있다

"저 사람입니까?"

"네."

노형진은 고문학의 질문에 고개를 끄덕거렸다.

"이름은 김길태. 열쇠공으로, 기록에 따르면 박두민에게 4,800만 원을 빌렸습니다."

"과연 저 녀석이 그 통로를 알까요?"

"알 가능성이 높지요. 아니, 알 겁니다. 그러니 일단 저 녀석을 찔러 봅시다."

고문학은 고개를 끄덕인 뒤, 무전기로 어디론가 말을 보냈다.

그러자 잠시 후 세 사람이 그의 가게로 다가가기 시작했다.

"잘될까요?"

"잘될 겁니다."

그러면서 노형진은 무전기의 볼륨을 키웠다.

─어서 오세요.

김길태의 목소리가 흘러나오자 노형진은 자신도 모르게 침을 꿀꺽 삼켰다.

─네가 김길태냐?

─그런데 누구신지?

─우리 빚 받으러 왔다.

─뭐라고요?

김길태는 당황하는 눈치였다.

─박두민 씨 알지? 그분한테 4,800만 원 빌린 거 있잖아.

─네? 전 그런 적이…….

─이 새끼 봐라? 어디서 약을 팔아? 차용증이 폼인 줄 알아?

─그…… 그럴 리가요. 박두민 씨는 죽었는데…….

'잡았다.'

노형진은 여기서 김길태가 사건에 연루되었다는 사실을 알아차렸다. 죽었다는 것을 알 수도 있다. 하지만 그의 목소리는 그가 죽었는데 왜 갚아야 하냐는 투였던 것이다.

─상속이라고 모르냐? 상속?

─사…… 상속요?

─그래, 상속받으신 분은 그다지 인내심 있는 분이 아니거든.

─말도 안 돼요!

-말이 안 되는 게 어디 있어!

-어이쿠!

안에서 벌어진 작은 실랑이.

하지만 노형진은 그걸 말리지 않았다. 이번 작전을 위해서
는 약간의 위법은 눈감아야 했다.

-잘 들어. 이번 달 안으로 갚지 않으면 길바닥으로 주소를 옮겨야
할 테니까 알아서 해!

거칠게 바깥으로 나오는 세 사람.

그들이 멀어지자 노형진은 들고 있던 무전기를 내려놓고
다른 장비를 들어서 전원을 넣었다. 그리고 그 전원을 넣자
마자 들리는 목소리.

-이런 씨발!

"설치가 잘되었군요."

세 명이나 들어간 것에는 다 이유가 있었다. 두 명이 시선
을 가리면서 으름장을 놓는 동안 다른 한 명이 그 안에 작은
도청기를 심은 것이다.

"다행입니다."

"뭐, 프로시잖습니까?"

이런 작전은 낯설기 때문에 침을 꿀꺽 삼키면서 걱정하는
고문학.

노형진 역시 조용히 그 스피커에서 들리는 목소리에 집중
할 뿐이었다.

−이럴 리 없는데……. 말도 안 돼……. 그럴 리 없어…….

김길태는 자신에게 벌어진 일을 믿을 수가 없었다.

−분명히 이 일이 끝나면 모든 게 끝이라고 했는데…….

자신은 모르는 누군가에 대해서 아는 것은 없다. 하지만 그는 분명 이번 일이 끝나면 빚을 갚지 않아도 된다고 했다.

−이건 말도 안 돼.

그 후에 들리는 것은 그가 사무실 안을 왔다 갔다 하는 소리였다.

그렇게 얼마나 지났을까.

드르륵.

뭔가 당기는 소리가 들리더니 잠시 침묵이 흘렀다. 그렇다가 갑자기 뭔가 패대기치는 듯 박살 나는 소리가 들렸다.

−젠장, 안 받잖아.

뭔가 부서지는 듯했지만 그는 안중에도 없는 듯 끊임없이 안쪽으로 돌아다니다가 갑자기 바깥으로 나왔다. 그리고 어디론가 차를 몰고 가기 시작했다.

"어디로 갈까요?"

"글쎄요……. 운이 좋다면 살인범에게 가겠지만…….."

사실 그럴 가능성은 낮다. 서로 모르는 상황에서 일을 하는 것이었고 다른 것도 아닌 살인 사건이었으니 통성명 같은 걸 했을 리 없다.

"아마도 갑갑한 마음에 나간 것이겠지요."

"그럼…… 어쩌죠?"

"전 좋은 생각이 났습니다."

"어떤 거요?"

"일단 저 사무실에 들어가 봐야겠네요."

노형진은 문을 박차고 나갔다. 깜짝 놀란 고문학 역시 그를 따라서 내렸다.

"문이 잠겼는데요?"

"문 딸 줄 아시잖아요."

노형진이 빙긋 웃으면서 말하자 고문학은 묘한 표정이 되더니 주머니에서 뭔가를 꺼내서 문으로 달라붙었다.

"비밀입니다."

"네."

'철컥' 하는 소리와 함께 열리는 문.

노형진은 안으로 조용히 들어갔다.

"전 감시하고 있겠습니다."

고문학은 혹시나 김길태가 돌아올까 봐 바깥에서 감시하기 시작했다.

'빙고.'

노형진은 들어가자마자 원하는 것을 찾을 수 있었다.

'역시…… 가지고 있었어.'

박살 난 전화기. 아마도 그 당시 사용된 대포폰일 것이다. 노형진의 예상대로 그걸 얼마나 세게 집어 던졌는지 완전히 박살이 나 있었던 것이다. 거기에다 마구 짓밟았는지 여기저기 부품이 흩어져 있었다.

'뭐, 그건 상관없지.'

노형진이 찾는 것은 그게 아닌 유심이었다.

"빙고."

유심이 약하기는 하지만 일단 핸드폰으로 한번 보호된다. 그리고 고정 장치 안에 있기 때문에 이런 식으로 해도 잘 부서지지는 않는다.

"찾았다."

노형진은 구석에 있는 유심을 집어 들었다.

핸드폰 부품을 모조리 다 가지고 가면 그는 이상함을 느낄 것이다. 하지만 이 작은 유심을 가지고 간다면 이상함을 느끼지 못할 것이다.

"자…… 이제 면상을 보자고요, 범인 씨."

노형진은 빙긋 웃었다.

⚖

"김길태는 어때요?"

"안절부절못하고 있습니다."

"그러겠지요. 핸드폰에 대해서는?"

"쓰레기통에 나온 것을 확인했습니다."

"유심 칩이 없어진 걸 모르는 모양이군요."

"일반적으로는 잘 모르죠."

노형진은 고개를 끄덕거렸다.

유심이라는 건 핸드폰을 살 때 한번 넣고 신경을 안 쓰는 물건이다. 당연히 이런 경우에 쓰레기 안에 유심이 있는지 없는지 확인하지 않는다.

"사람들은 유심을 그다지 신경 쓰지 않지요. 하지만 유심은 생각보다 많은 정보를 가지고 있습니다."

노형진은 유심을 다른 핸드폰에 넣어서 그걸 작동시켰다.

"유심에는 전화번호를 저장하는 기능이 있지요."

그리고 화면에 떠오르는 단 하나의 전화번호. 노형진은 그걸 보면서 히죽 웃었다.

"그리고 전화번호를 알면 누가 개통시켰는지도 알 수 있지요."

대포폰이라 명의는 다른 사람의 것일 테니 그 명의는 의미가 없다. 하지만 핸드폰을 등록하기 위해서는 직원이 등록해야 한다. 그러니 그 번호를 알면 그 직원을 잡을 수 있다.

"자, 그럼 우리 살인의 종범을 만나 보러 갈까요?"

⚖️

이성균은 매일 밤 악몽을 꾸고 있었다. 아무리 자신이 간접적으로 도왔다고 하지만 살인에 엮여 있는 것은 사실이기 때문이다.

"성균아, 일어나!"

누군가 부르는 소리에 그는 자신도 모르게 벌떡 일어났다.

"무슨 식은땀을 그렇게 흘려?"

"아…… 미안……."

잠깐 존다고 존 것 같은데 온몸이 식은땀으로 축축한 상태였다.

"누가 널 찾던데."

"누가?"

"저기."

그는 같이 일하는 동료의 말에 그쪽으로 고개를 돌렸다. 그리고 그곳에는 살벌해 보이는 남자 몇 명이 서서 자신을 무서운 표정으로 노려보고 있었다.

"누구시죠?"

"너냐, 우리 형님을 담근 게?"

"형님이라니요?"

"알면서 왜 이래, 이 새끼야. 사채놀이 하는 새끼 중에 조폭 안 끼는 새끼가 있는 줄 알아? 간땡이가 부어도 엄청나게 부었구나. 감히 우리 형님을 담가? 네가 각오는 하고 시작한 거지?"

그는 그대로 주저앉았다.

"이거 협박 아닌가요?"

고문학은 기가 막혔다.

"글쎄요. 협박일 수도 있죠. 하지만 경찰이 협박한 게 아닌 이상 증거능력은 있다고 보이네요. 제3자가 협박하고 그걸 녹음한 건 불법으로 보기 애매해서요."

"허허, 참."

"그래도 참 연기는 잘하네요."

"소미가 얼마나 닦달했는데요."

"헐."

"요즘 소미 덕분에 애들 연기력이 쑥쑥 크고 있습니다."

노형진은 피식 웃었다. 어쩐지 실감나게 연기한다 했더니 유소미가 연기 지도를 해 준 모양이었다.

"그런데 사실 피해자는 조폭을 끼고 영업하지는 않잖습니까?"

"우리가 피해자가 고용한 사람이라고 말한 적은 없지요. 하지만 자기 혼자 착각한 건 어쩔 수 없는 거 아닐까요?"

확실히 조직원 흉내를 내는 정보 팀원들은 절묘하게 피해자인 박두민의 이름은 피하고 있었다. 오히려 형님이라든가 그분이라든가 하는 식으로 말해서 오해만 불러일으켰다.

"010-0000-0000 이거, 이성균 네가 개통한 거 맞잖아."

"아뇨, 아닙니다. 진짜 아니에요."

"이 새끼가 우리를 물로 보나. 우리가 빙다리 핫바지로 보이냐? 이미 확인했어, 이 새끼야."

물론 자료는 있다. 하지만 그건 경찰서에서 정식으로 본사에 요청한 게 아니라 고문학이 가지고 온 것이다. 하지만 그것만으로도 충분히 오해할 수 있는 것이었기 때문에 이성균의 목소리는 격하게 떨리기 시작했다.

"그…… 그럴 리가요……. 그럴 리 없습니다."

"그럴 리 없다니. 이 새끼야, 그럼 본사에서 구라 친 거냐? 개통시킨 업자 목록에 네 이름이 올라가 있더만. 더군다나 이거 개통한 당사자는 이런 폰이 있다는 것도 모르던데? 간땡이가 부었지, 대포폰까지 만들어?"

"그게……."

"그래 놓고 형님 옆에다가 떨구고 가? 아주 대놓고 내가 저질렀습니다 그랬냐? 아니면 유서를 남기든가."

"혀…… 형님요?"

"그래, 이 새끼야."

잠깐 침묵이 흐르는 듯했다. 그다음 순간이었다.

'이런 젠장.'

범인에게 대포폰을 만들어 주기는 했다. 그렇지만 그 후에 어떻게 되었는지는 알지 못했다. 만일 그 멍청한 놈이 그걸 거기에 흘리고 왔다면 자신이 특정되지 않는 게 이상한 일이다.

'시발, 좆 됐다.'

이성균은 주변을 한참 둘러보았다. 그리고 어느 순간 허공으로 몸을 날렸다.

⚖️

와장창!

이 너머까지 뭔가 부서지는 소리가 들리는 듯하더니 엄청난 속력으로 누군가 뛰어나왔다.

"저놈 잡아라!"

그리고 그 뒤에 뛰어오는 사람들. 그렇다면……

"튄다!"

고문학 역시 번개같이 차 바깥으로 튀어 나가서 그쪽으로 뛰기 시작했다. 하지만 이성균은 무서운 속력으로 이미 저 멀리 도망치고 있었다.

"젠장! 잡힐쏘냐!"

학교 다닐 때는 육상부에 속해 있던 그다. 비록 에이스는 아니었지만 그래도 일반적인 사람보다 훨씬 빠르게 뛸 수 있었다. 하지만 그가 생각하지 못한 것이 있었다.

끼이익!

"으아아악!"

갑자기 자신의 앞으로 뛰어드는 차 때문에 놀라서 그대로 주저앉는 이성균이었다. 그리고 바로 뒤를 이어서 고문학과 다른 사람들이 그를 덮쳤다.

"바보냐?"

노형진은 그의 앞을 가로막은 차에서 내리면서 피식 웃었다. 아무리 빠르다 해도 사람이 자동차보다 빠를 리 없다.

물론 골목으로 도망갔다면 차로는 도망가지 못했을 것이다. 하지만 그는 도망가는 것에 신경이 쓰여서 직선 대로를 마구 달린 것이다. 때마침 노형진이 운전석에 있었기 때문에 그걸 보고는 급가속을 해서 그의 앞으로 가로막은 것이다.

"형님, 더 이상 물어볼 것도 없습니다. 그냥 끌고 가서 담가 버리죠."

노형진이 고문학을 바라보면서 말하자 고문학은 눈치 빠르게 그와 이성균을 바라보았다. 그리고 고개를 끄덕거렸다.

만일 여기서 노형진이 보스 노릇을 한다면 이상해 보일 것이다. 딱 봐도 운동한 타입도, 폭력적인 타입도 아니니 그걸 안 노형진이 슬쩍 막내 노릇을 한 것이다.

"그러자. 더 이상 캐묻고 자시고 할 것도 없다. 그냥 공구리 치자."

"안의 것은 빼는 게 좋지 않습니까?"

"그렇겠지? 형님은 형님이고 돈은 돈이니까."

이성균의 두 눈에서 눈물이 펑펑 쏟아지기 시작했다. 단순히 죽는 것도 아니고 자신의 장기를 매매하겠다는데 누가 겁먹지 않겠는가?

"잘못했습니다. 잘못했습니다. 다시는 안 그러겠습니다."

"야, 태워!"

"안 돼요! 안 됩니다! 으아아아! 살려 주세요!"

그는 비명을 질렀지만 누구도 그를 도와주지 않았다. 도와줄 사람이 없었다. 그저 구경만 할 뿐이었다.

하물며 단 한 명이라도 도와줄 만하건만 이상할 정도로 구경만 할 뿐이었다.

"으아아아!"

강제로 태워지는 이성균. 그리고 멀어지는 차량.

사람들은 그럼에도 불구하고 그걸 멀뚱하게 바라볼 뿐이었다.

그다음 순간이었다.

"컷!"

사람들 사이에서 나오는 한 무리의 사람들.

"아, 끝난 건가요?"

"네, 감사합니다. 덕분에 촬영이 잘되었습니다."

카메라에 조명까지 들고 있는 사람들. 그들은 주변에 모인 사람들에게 일일이 인사를 건넸다.

"뭐, 이런 걸 가지고. 그나저나 배우가 연기를 잘하네요. 누가 보면 진짜 납치인 줄 알겠어요."

"그렇지요? 얼굴이 안 돼서 뜨지는 못하지만 연기력은 좋아서 이번에 피해자 역으로 캐스팅된 사람입니다."

"잘되면 좋겠네요. 못생긴 조연들도 잘 뜨던데."

"하하하. 자, 그럼 철수!"

"네!"

그 말과 함께 멀어지는 동네 사람들. 그리고 납치된 차량 쪽을 바라보던 고문학은 혀를 내둘렀다.

"진짜 먹히네요?"

"하하하."

사실 노형진은 처음부터 그를 강제로 끌고 갈 생각이었다. 하지만 그렇게 하면 분명 문제가 생길 것이다. 누군가는 경찰에 신고할 테니 좋을 게 없다.

"설마 이렇게 고가의 장비를 동원해서 사기 칠 거라고는 누구도 생각을 못 했겠지요."

"그러게나 말입니다."

이들이 사용한 장비는 카메라 세 대, 조명 네 대 등이었다. 장비를 빌려주는 곳이 있기 때문에 빌리는 게 어렵지 않았다. 그리고 납치 장면을 촬영한다고 사람들에게 이야기해 두기까지 한 것이다.

"다만 튈 거라고는 생각을 못 했는데요."

"뭐, 그 덕분에 사람들이 믿는 눈치던데요?"

스펙터클하게 유리창을 깨면서 튀어나온 이성균. 그리고 다급하게 그를 쫓는 사람들.

마치 영화의 한 장면 같았기 때문에 사람들은 더욱더 믿을 수밖에 없었다. 심지어 몇몇은 현장에서 엑스트라라고 일당을 조금 나눠 주자 아주 철석같이 믿고 있었다.

"그나저나 그 녀석이 사실을 불까요?"

"보아하니 그 녀석은 생각보다 소심한 녀석인 것 같더군요. 그러니까 이제부터 불게 만들어야지요."

"그것도 재미있을 것 같은데요?"

"그러네요. 후후후."

노형진의 눈빛이 반짝거리기 시작했다.

⚖

"푸하!"

자신의 두건이 벗겨지자 그제야 숨을 크게 들이키는 이성균. 그러나 그의 눈에 들어온 것은 자유의 빛도, 경찰도 아니었다. 아무것도 없는 허허벌판. 그리고 거기에 자신을 에워싼 수많은 사람들과 그들의 손에 들려 있는 삽 한 자루.

"이…… 이건 무슨 오해가 있는 겁니다."

하지만 남자들은 대답하지 않았다. 대신에 그의 앞에 들고 있던 삽을 던졌다.

"파라."

"네?"

"파라고, 이 새끼야. 각오하고 자기 무덤 판 거 아냐?"

"헉!"

아무도 없는 산등성이에서 땅을 파라며 땅을 가리키는 남자들을 보면서 이성균은 숨을 쉴 수가 없었다.

"그냥 토막 내죠. 어차피 산짐승들이 다 처리해 줄 겁니다."

구석에서 거대한 도끼를 꺼내는 조직원.

"파…… 팔게요! 파겠습니다!"

그 도끼를 본 이성균은 자신도 모르게 무서운 속력으로 삽을 들었다.

"그냥 토막 내시는 것이 어떠신지요, 형님?"

"야, 이 새끼야. 지금이 무슨 조선 시대야? 있는 짐승이라고는 고라니랑 멧돼지뿐이야."

"돼지가 인간 고기를 좋아합니다."

"그런가?"

"제발 살려 주세요. 열심히 파겠습니다. 제발……."

파고 있는 이 땅이 자신의 무덤이 될 거라는 것은 알고 있었다. 하지만 멈추면 바로 죽는다는 것도 알고 있었다. 결국 살아남는 법은 단 하나. 땅을 파면서 조금이라도 시간을 끌어서 기회를 노리는 것.

"그냥 같이 팔까요?"

한 명이 깨작거리는 이성균은 보고는 답답한 듯 앞으로 나섰다. 하지만 보스라고 불리는 남자는 고개를 흔들었다.

"자기 무덤을 파는 데 익숙한 녀석이야. 그러니까 놔둬. 곧

뒈질 녀석이 고생하는 게 낫지, 우리가 고생할 필요가 있냐?"

"흑흑흑."

이성균은 눈물을 흘리면서도 삽질을 멈출 수가 없었다. 멈추는 순간 자신이 죽는다는 것을 알고 있었기 때문이다. 숲에서는 오로지 그의 훌쩍거리는 울음소리와 삽질 소리만 들려올 뿐이었다.

그렇게 몇 시간이나 지났을까?

"충분한 것 같네."

스윽 일어나면서 도끼를 잡는 보스. 그걸 본 이성균은 자신도 모르고 자신이 판 구덩이 속에 털썩 주저앉았다.

"아…… 아닙니다. 아니에요. 부족합니다. 아직 부족해요. 더 팔 수 있습니다."

"아니야. 내가 봐서는 충분해. 무덤이라고 할 게 뭐 있나? 그냥 자기 몸뚱이 누이면 그만인데, 뭘. 자, 대갈빡 대라. 이거 잘못 맞으면 많이 아프다."

"으아악! 살려 주세요! 살려 주세요!"

거대한 도끼가 자신을 머리를 노린다는 생각에 자신도 모르게 주저앉아서 비명을 지르는 이성균.

그때였다.

"꼼짝 마! 경찰이다!"

"경찰?"

그 순간 저 아래서 보이는 빛들. 그 빛을 본 사람들은 얼굴을 찌푸렸다.

"이런 씨박."

"튀어!"

"이 녀석은요?"

"지금 그게 중요해? 튀어!"

삽도, 도끼도 모조리 버리고 도망가는 녀석들.

"거기 서라!"

경찰은 다급하게 뛰어오는 듯했지만 조직원들은 얼마나 빠른지 벌써 어둠 속으로 사라진 후였다.

그렇게 한참이 지났을 때였다.

"괜찮습니까?"

이성균은 약간은 앳된 목소리에 고개를 돌려서 자신을 구해 준 사람을 바라보았다. 하지만 그의 모습은 아무리 봐도 경찰은 아니었다.

"누구……?"

"노형진. 변호사입니다."

노형진은 그런 그를 보면서 씩 웃고 있었다.

⚖

"그런 일이 있었군요."

노형진은 마치 모르는 척 천연덕스럽게 그의 이야기를 들어 주었다.

"그런데 저를 어떻게……?"

"전화기가 발견되었다는 소식은 저도 들었습니다. 그래서 황급하게 이성균 씨를 만나러 갔지요. 그런데 납치당했다고 하더군요."

"그래서……."

"네, 주변을 수소문해서 찾아온 겁니다."

"그럼 경찰은?"

"있지도 않았지요. 그런데 그거 말고는 방법이 없었습니다."

이쪽은 노형진 말고 송정한이라는 나이 많은 변호사 한 명까지 더해서 두 명이 다였다. 그에 반해서 자신을 에워쌌던 사람들은 못해도 여섯 명이었다.

"그래서 약간 뻥 카드를 친 거죠."

"감사합니다. 감사합니다."

이성균은 감사의 눈물을 흘렸다. 어찌 되었건 자신을 살려준 것은 사실이니까.

"아직 감사할 일은 아닙니다. 우리가 경찰 노릇을 해서 일단은 쫓아냈다고 하지만 상대방이 이성균 씨를 놔줄 리 없잖습니까?"

"그…… 그럼 어쩌지요?"

노형진의 말에 이성균은 눈물을 펑펑 흘렸다. 죽기는 싫었다. 그걸 보면서 노형진은 입맛이 참으로 씁쓸했다.

'멍청하기는. 자기는 죽기 싫으면서 남을 죽이는 데에 끼어들다니.'

물론 마음 같아서는 죽든 말든 신경도 안 쓰고 싶다. 하지만 저들은 같은 편이라 진짜로 성균을 죽이지도 않을 테니 그냥 두면 선한 자는 감옥에, 악한 자는 바깥에 있는 이상한 결과가 나온다.

"하지만 이미 늦었습니다. 다른 곳도 아니고 저들을 건들다니요."

"저들은 아십니까?"

"모르면 바보죠. 인신매매부터 납치, 장기 매매까지 안 하는 게 없는 놈들입니다. 설마 돈을 빌리면서도 그런 생각 못 하셨습니까?"

"헉!"

이성균의 얼굴은 창백함을 넘어서 아예 흙빛으로 변하기 시작했다.

"그…… 그럼 어쩌죠?"

"글쎄요……. 엄밀하게 말하면 전 이성균 씨 변호사가 아닙니다. 전 강성태 씨의 변호사입니다. 저희가 온 건 사건과 관련해서 온 거지…….."

"그게 무슨 말씀이십니까?"

노형진에게 매달린 이성균. 그 옆에서 그 모습을 보고 있던 송정한은 웃음을 참기 위해 애써 고개를 돌렸다. 하지만 이성균은 그 모습을 자신을 외면하려고 한다고 생각했는지 송정한에게 매달렸다.

"한 번만…… 한 번만 봐주십시오. 제발 한 번만 살려 주십시오."

"어허, 이러지 마세요."

송정한은 당황해서 그를 떨쳐 내려고 했으나 이성균은 더욱 매달렸다.

"제발 한 번만 살려 주세요."

지금 이성균의 모습은 말이 아니었다. 슬슬 더워지는 판국에 혼자서 땅을 파느라고 땀에 절어 있는 데다가 공포감에 똥오줌을 갈겨서 냄새까지 나고 흙을 뒤집어써서 더럽기 이루 말할 수 없었다. 당연히 송정한은 명품 양복에 매달리는 그를 밀어낼 수밖에 없었다. 하지만 이성균은 그걸 다르게 받아들였는지 더욱더 매달렸다.

"이러지 마시라니까요."

"한 번만…… 제발 한 번만 살려 주세요. 제발…… 흑흑……."

'크크크. 아이고, 고소해라.'

노형진은 애써 웃음을 참았다. 만일 여기서 웃으면 모든 일이 틀어질 테니 말이다.

"자, 자, 진정하세요. 솔직히 우리는 이번 사건에 끼고 싶지 않네요."

"그게 무슨 말입니까, 변호사님?"

이번에는 노형진에게 매달리려고 하는 이성균.

하지만 노형진은 이미 그가 파 놓은 무덤 건너편으로 가 있어서 매달릴 수가 없었다.

"아까도 말씀드렸다시피 저들은 우리가 건들기에 좀 버겁거든요."

"제발…… 한 번만 살려 주십시오. 뭐든 하겠습니다."

이성균은 살기 위해서 눈물을 흘리면서 빌었다. 노형진은 그런 그를 보면서 애써 시선을 돌렸다.

"한 번만요……. 흑흑……."

한참을 우는 이성균을 보면서 노형진은 한숨을 쉬다가 어쩔 수 없다는 듯 입을 열었다.

"방법이 없는 건 아닙니다만……."

"시키는 대로 하라면 하겠습니다. 제발……."

"자수하시는 겁니다."

"자수요?"

"네."

순간 이성균은 침묵을 지켰다. 자신이 아무리 흥분한 상태이고 또 살고 싶어서 정신이 없다고 해도 그가 자수하라는 것이 단순히 가벼운 죄로 하라는 뜻이 아니라는 것쯤은 알고 있었던 것이다.

"이성균 씨도 알다시피 저들은 이번에 놓쳤다고 포기할 놈들이 아닙니다."

"제…… 제가 도망가면……."

"빚을 갚지 못하고 도망가는 사람이 한두 명일 것 같나요?"

이성균은 말하지 못했다. 그들은 분명 여자는 일본에 있는 사창가에 팔고 남자는 죽여서 장기를 팔아 버린다고 했다. 생각해 보면 그 꼴을 당한 상황에서 도망 안 갈 사람은 없다.

"도망가셔도 다 찾아냅니다."

"어형헝헝……."

절망적으로 울부짖는 이성균.

노형진은 그런 그를 한참 바라보기만 할 뿐이었다.

그렇게 한참 지나서 그의 울음이 잦아드는 듯하자 노형진은 슬쩍 그에게 다른 방법을 알려 줬다.

"하지만 살아남는 방법이 있습니다."

"어떤 거죠? 말씀만 해 주십시오."

"아까 말씀드렸다시피 자수하시는 겁니다."

"자수요? 하지만……."

"아무리 저들이라고 해도 감옥에 있는 사람에게는 손대지 못합니다. 그러기 위해서는 감옥에 스스로 들어가야 하는 데다가 같은 감옥에서도 같은 공간에 있을 가능성은 낮거든요."

이성균은 자신도 모르게 고개를 번쩍 들었다. 생각해 보니 맞는 말이다. 감옥에 있으면 저들은 자신에게 손대지 못한다.

"감옥에 가시면 10년에서 15년 정도 나올 겁니다. 주범이 아니라 종범인 만큼 형량이 적지요. 그 정도면 저들도 까먹을 겁니다. 저 녀석들도 할 일이 많은 놈들이니까요. 운이 좋다면 조직이 소탕될 수도 있고요."

"그렇다면……."

"조직이 소탕된다면 이성균 씨에게 손댈 수가 없지요. 누가 소탕된 조직의 복수를 하려고 하겠습니까?"

"……."

이성균의 머리는 엄청나게 빠르게 돌아갔다. 하지만 그것 말고는 자신이 살아날 방법이 보이지 않았다.

"단, 그곳에 자수하실 때는 절대로 저들에 대해 말하지 마십시오."

"어째서요! 차라리 경찰에 보호 요청을 하는 게 좋지 않습니까?"

노형진은 고개를 흔들었다.

"경찰이 스물네 시간 이성균 씨와 함께 살 수는 없지 않습니까? 사람을 죽이는 방법은 많습니다. 차로 들이받아도, 감전시켜도, 집에 불을 질러도 죽일 수 있는 게 사람입니다. 저 녀석들은 그런 쪽으로는 도가 텄어요. 그리고 우리나라 경찰이 제대로 일하는 거 봤습니까?"

이성균은 소름이 쫙 돋았다.

확실히 우리나라 경찰은 절대 이런 걸로 자신들을 보호하지 않는다. 기껏해야 '그쪽으로 순찰 좀 돌아 드리겠습니다.'라고 하는 것이 그들이 하는 최선의 배려다.

이것이 법이다

"그런 상황에서 이성균 씨가 저들에 대해서 말하면 어떻게 하겠습니까? 저들이 법이라고 지킬까요? 그럼 바깥에 있는 가족들은요?"

"……!"

이성균의 눈 끝이 파르르 떨렸다. 자기 혼자만의 문제에 매몰되어서 생각하지 못했던 이름, 가족.

"만일 자수해서 저들의 이름을 대면 저들은 분명 감옥 바깥에 있는 성균 씨 가족에게 손댈 겁니다. 하지만 반대로 성균 씨가 이야기하지 않는다면 손대지 않겠지요. 손대면 성균 씨가 자신들에 대해서 말할 거라는 걸 알 테니까요."

"그……."

"그냥 조용히 감옥에 갔다 오시면 됩니다. 일단 그렇게 되면 최소한 죽지는 않을 겁니다."

이성균은 고개를 푹 숙일 수밖에 없었다. 그에게 남은 선택 카드는 하나뿐이었던 것이다.

⚖

"어떻게 그렇게 거짓말을 잘하나?"

"하하하."

노형진은 어깨를 푹 숙이고 경찰서 안으로 들어가는 이성균을 보면서 호탕하게 웃었다. 그는 노형진의 거짓말에 깜빡

속아 넘어가 살기 위해 경찰서로 간 것이다.

"하여간 덕분에 사건은 좀 더 편해졌네요."

"그렇지."

지금까지 진범이 있다는 강성태의 주장은 언제나 증거 불충분으로 기각되었다. 하지만 진범 중 한 명인 이성균이 자수한 이상 사건의 수사는 전혀 다른 방향으로 흐르기 시작할 것이다.

"그나저나 이렇게 한다고 해도 진범을 잡는 건 무리 아닌가?"

"그렇겠지요."

노형진은 이성균의 기억을 몰래 읽었다. 하지만 그 역시 진범을 알지 못했다. 심지어 자신이 태워 줬던 범인조차 몰랐다. 그저 스키 마스크를 쓰고 있다는 것이 알고 있는 것의 전부였다.

"하지만 일단은 두 명은 잡았습니다. 강성태의 집에서 칼을 훔친 녀석과 전화번호를 개통한 녀석을요."

열쇠공인 김길태의 경우, 자수를 안 했다고 하지만 노형진이 이미 녹음 내역과 기타 유심 등 증거를 넘겨줬기 때문에 잡히면 끝이다. 더군다나 이성균이 자수하면서 그 증언 역시 더해질 것이다.

"남은 건 세 명이군."

"하지만 가장 큰 문제이기도 하죠."

누구도 본 적이 없는 살인범과 아예 존재 자체를 모르는 진범, 즉 교사범 그리고 오마중. 그들은 희생자가 올 거라는 걸 알고는 있었지만 오마중이 보낸 거라는 것을 모르고 있었다.

"그건 아마도 교사범이 알고 있겠지요. 결과적으로 오마중을 잡으려면 교사범을 잡아야 합니다."

"하지만 어떻게 그놈은 누구도 정체를 모르는데."

"아마도 살인범은 교사범의 존재를 알 겁니다."

"어떻게?"

"송 변호사님은 누군지도 모르는 상대방이 누군가를 죽여 달라는데 아무리 자기랑 악연이 깊은 사람이라고 할지라도 섣불리 저지르시겠습니까?"

"그건 그렇군."

바보도 아닌데 그런 일을 할 인간이 있을 리 없다.

물론 전문 킬러라면 할 수도 있다. 하지만 애초에 전문 킬러를 고용할 거라면 피해자들에게 빚을 지고 고통받는 어중이떠중이를 고용하지는 않을 것이다. 그냥 킬러를 고용하는 것이 훨씬 편하고 깔끔하니까.

'그리고 이상한 점도 많고.'

이번 사건의 특이한 점이 바로 강성태가 갔을 때 문이 열려 있었다는 것이다.

'박두민이 바보는 아니란 말이지.'

자신이 사채놀이를 하는 것이 결코 좋은 행동은 아니라는 것을 알고 있었다. 그래서 집에 수많은 CCTV들과 보안을 설치했다.

'그런데 문이 열려 있었단 말이지.'

그건 말도 안 된다. 경찰은 도망치기에 바빠서 열어 둔 거라고 생각했지만 그가 직접 확인한 바로는 그 문은 자동으로 닫히는 순간 바로 잠긴다.

'문이 열려 있기 위해서는 잠금장치를 고장 냈어야 해.'

마치 들어오라는 것처럼 말이다.

"뭘 그렇게 생각하나?"

"진범에 대해서 생각하고 있었습니다."

"진범? 그 살인범? 아니면 교사범?"

"둘 다요."

"일단은 살인범을 잡아야겠지?"

"그래야겠지요. 일단 지금 잡혀간 두 사람은 교사범에 대해서 감을 전혀 잡지 못하니까요."

송정한은 고개를 끄덕거렸다. 결국은 궁극적인 살인범을 잡기 위해서는 살인을 실행한 그 남자를 찾아야 한다.

⚖️

쾅!

커다란 푸주 칼이 도마를 치면서 그 위에 있던 고기를 순식간에 토막을 냈다. 그 칼을 든 남자는 무심하게 칼을 휘둘러서 그 고기를 토막을 내서 파란색 봉투에 넣고 있었다.

"왠지 살벌하군."

"원래 조폭이었다고 하더군요."

"그래?"

"네, 하급 조폭이었는데 뻔한 결말을 당한 거죠."

노형진은 진범으로 추정되는 도금학을 바라보았다.

"이름, 도금학. 한때 황금 이글파의 행동대원이었습니다. 라이벌 조직인 붉은 사자파와 항쟁 중 사자파 보스가 살해당하는 사건이 있었습니다. 그 당시 도금학이 자신이 죽였다는 죄목을 뒤집어쓰고 감옥에 갔지요."

"뻔한 결말이군."

"네."

아마도 저 사람은 범인이 아닐 것이다. 하지만 경찰은 제대로 수사하기보다는 일단 사건을 해결해서 상을 타는 걸 노려 희대의 살인 사건은 결국 그의 자수로 해결되었을 것이다.

"뻔하죠. 감방 한번 갔다 와라. 그리면 우리가 그 뒤는 확실하게 받쳐 준다."

"그렇지."

우리나라 드라마에서 많이 나오는 장면이다. 하지만 현실은 그렇게 쉽지 않다. 그렇게 보내는 경우는 많아도 진짜로 가족들을 챙기는 일은 전혀 없다고 봐도 무방하다. 심지어 조직원이 감방에 간 것을 알고는 상대방 조직이 고의적으로 그 가족들에게 손대는 것도 대부분 모른 척한다.

"그 당시 17년 형을 살고 나왔습니다. 문제는 그가 속해 있던 조직은 그가 감방에 간 지 5년도 안 되어서 사라졌다는 거죠."

"약속은 사라진 셈이군."

"그렇지요."

그가 감옥에 있는 사이 조직은 소탕되었다. 결과적으로 그나마 제대로 안 지켜지던 약속이 없는 일이 되어 버린 것이다.

"그 후에 여러 가지 일을 한 모양이더군요. 하지만 제대로 된 건 없습니다. 사실 그게 정상이겠지요. 살인범이라는 타이틀을 가지고 있는 그를 누가 쓰려고 하겠습니까?"

"그렇겠지."

그나마 이쪽 바닥은 과거를 묻지 않는다는 규칙이 있기 때문에 그가 자리를 잡은 것이다. 과거 은퇴한 조폭들이 정육점을 많이 하면서 생긴 규칙이다. 하지만 문제는 아무것도 하지 못한 그가 다른 은퇴한 조폭들처럼 충분한 돈이 있을 리 없다는 것.

"결국은 그래서 사채를 썼다는 건가?"

"네."

"그런데 과연 그가 진범을 이야기할까?"

"할 리 없죠."

그렇게 되면 자신이 진짜 살인을 저질렀다는 걸 인정하는 꼴이 된다. 그러니 당연히 할 리 없다.

"그러니 그는 이야기하지 않을 겁니다."

"그러면 어떻게 하려고?"

"말씀드렸잖습니까, 그는 분명히 범인을 알고 있을 거라고?"

"그럴까?"

"네."

그럴 수밖에 없다. 도금학은 카메라에 걸리지 않고 들어가서 살인을 실행했다.

'그러기 위해서는 정보를 얻어야지.'

그런 정보는 단순히 핸드폰으로 문자와 전화를 몇 번 하면서 얻을 수 있는 게 아니다. 더군다나 동선 같은 걸 확실하기 알기 위해서는 몇 번이나 확인해야 한다.

"분명히 그는 진범을 알고 있습니다."

"음……."

노형진의 말에 송정한은 다시 도금학을 바라보았다.

"그렇다고 쳐도 어떻게 말을 하게 하지?"

"말 안 할 거라니까요."

"그럼?"

노형진은 씩 웃었다.

"말은 안 한다면 우리를 그쪽으로 안내하게 하면 됩니다."

"안내?"

"네."

그러면서 노형진은 도금학을 차가운 눈빛으로 바라보았다.

　'이상해.'

　도금학은 주변을 보면서 이상함을 느끼고 있었다. 과거 조직끼리의 항쟁을 하던 시절에 숱하게 받았던 시선의 느낌. 그 느낌을 다시 받는다는 것은 기분이 묘한 일이었다.

　'어째서?'

　자신을 감시하는 눈빛. 그걸 느끼는 건 어렵지 않았다. 문제는 어째서냐는 것.

　'날 감시하는 저놈들은 뭐지?'

　그는 집으로 가는 길에 뒤를 흘낏 바라보았다. 거기에는 아닌 척하면서 자신을 따라오는 사람이 한 명 있었다.

　'경찰?'

　도금학은 그렇게 생각했다가 고개를 흔들었다. 경찰은 절대 혼자 다니지 않는다. 더군다나 경찰이라면 미행에 도가 튼 녀석들이다. 이렇게 어설프게 미행하지 않는다.

　'아무래도 수상해.'

　도금학은 뒤를 길게 흘리고 다니는 것을 좋아하지 않았다. 사실 처음에는 애써 무시하려고 했다. 하지만 그 시선은 며칠간 계속되면서 도금학의 신경을 건드리고 있었다.

'안 되겠어.'

결국 도금학은 확실하게 하기 위해서 그를 붙잡기로 했다. 그러나 괜히 사람이 많은 곳에서 싸우면 불리한 건 자신이라는 것을 알고 있었다. 자신에게는 이미 살인범이라는 딱지가 있기 때문에 자칫하면 죄를 뒤집어쓸 수 있기 때문이다.

'조용히 처리해야겠군.'

다음 날부터 도금학은 조금씩 길을 바꿨다.

오랫동안 이 동네에서 살았다. 그래서 어느 동네에 인적이 드물고 어느 동네가 재개발 예정인지 알고 있었던 것이다. 그리고 상대방은 그것도 모르고 그를 쫄래쫄래 따라왔다.

'역시 초짜야.'

이런 미행인 사람이 많은 곳에서는 티가 잘 나지 않는다. 사람이 많으면 거기에 묻혀 버리니까. 하지만 이렇게 사람이 없는 곳에 갔는데도 그것도 모르고 따라오는 걸 보면 상대방은 미행에 대해서 잘 모르는 자가 틀림없었다.

'그래…… 그것도 오늘까지다.'

그는 조용히 주먹을 쥐고는 코너를 돌아서 어둠 속으로 사라졌다. 당연히 그 미행하던 남자는 그를 따라서 어둠 속에서 방향을 돌렸다. 하지만 그를 맞이한 것은 도금학의 단단한 주먹이었다.

"크악!"

남자는 바닥을 나뒹굴었고 도금학은 익숙하게 쓰러진 그

의 뒤에 가서 목을 조르기 시작했다.

"크헉⋯⋯."

"비명 한번 질러 봐. 그러면 모가지가 날아갈 테니까."

"⋯⋯."

그의 목에 들어오는 칼에 그는 침을 꿀꺽 삼켰다.

"너, 며칠 전부터 날 따라다니던데 왜지?"

"⋯⋯."

"여기는 재개발 지역이라 사람이 없지. 시체를 발견하기 좀 걸릴 텐데?"

남자의 얼굴이 사색이 되기 시작했다.

"말하든가, 죽든가."

"가⋯⋯ 감시하라고⋯⋯."

"감시?"

"네."

"왜?"

"모⋯⋯ 몰라요. 그냥⋯⋯ 감시하라고⋯⋯."

"누가?"

"모릅니다. 그냥⋯⋯ 전 그것만 하라고⋯⋯."

말도 안 되는 소리다. 누가 자신을 감시한단 말인가?

경찰? 경찰이라면 벌써 자신에게 총을 들이밀었어야 정상이다. 그런데 지금 상황을 봐서는 그는 혼자 일하는 게 분명했다.

"누군지도 몰라?"

"모릅니다. 그냥 감시하고 문자로 보고하기만 하라고……."

"문자?"

"네……."

도금학은 자신도 모르게 얼굴을 찌푸렸다. 왠지 안 좋은 느낌이 들었기 때문이다.

"그 핸드폰, 어디 있지?"

"주…… 주머니에……."

도금학은 그의 주머니를 뒤져서 핸드폰 하나를 꺼내 들었다. 그리고 얼굴을 찌푸렸다.

'이건?'

허름하게 오래된 핸드폰. 중고로 어디서든 살 수 있는 물건. 더군다나 거기에 적혀 있는 번호는 단 하나. 그리고 날아간 문자는 있어도 답장은 없는 핸드폰.

'익숙해.'

너무나도 익숙한 그 모습에 도금학의 살기가 약간 강해졌다.

"그래서 누가 시킨 건지 모른다?"

"네…… 네……. 전 그냥 흥신소 직원이라고요."

도금학은 칼을 치웠다. 어차피 모르는 놈이라면 건드려 봐야 좋을 게 하나도 없다.

"꺼져."

남자는 일어나자마자 후다닥 도망갔다. 하지만 도금학은

물끄러미 핸드폰을 바라볼 뿐이었다.

⚖️

"역시 이상해."

며칠간 다시 감시의 눈빛은 사라졌다. 하지만 얼마 지나지
않아서 다시 같은 시선을 느낄 수밖에 없었다. 그것도 이번
에는 아주 전문적인 놈으로 말이다.

'누군가 날 노린다.'

그렇게 생각할 수밖에 없었다. 만일 뒤에서 사고가 나지
않았다면, 그래서 추적하는 놈이 그 사고에 휘말리지 않았다
면 자신은 그의 추적을 알지 못했을 것이다. 그리고 그때마
다 도금학은 누군가를 생각할 수밖에 없었다.

그렇게 얼마나 지났을까?

"야, 이거 말세네. 말세야."

"그러게 말이야."

텔레비전을 보면서 웅성거리는 사람들. 고기를 다루는 일
은 무척이나 힘들다. 수십 킬로그램의 축 늘어난 돼지를 이
리저리 움직이면서 자른다는 건 쉬운 일이 아니다. 그래서
이렇게 점심때는 반주 한 잔을 먹으면서 텔레비전을 보는 것
이 특이한 일상은 아니었기 때문에 도금학은 그 대화에 끼어
들 생각이 없었다.

이것이 법이다

'응?'

그러나 다음 순간 텔레비전에 나오는 모습을 보고는 도금학은 움찔했다.

'얼굴을 가리기는 했지만 저 녀석은…….'

얼굴을 가리기는 했지만 화면에 나오는 녀석은 자신을 태워 줬던 그 사람이었다. 그런데 그가 지금 뉴스에 나오고 있었던 것이다.

―이번 사건에서 이 모 씨는 종범으로서 역할을 했으며 주범은 따로 있다는 진술을……. 이 상황에서 현재 피해자고 체포된 강 모 씨의 변호인 측은 경찰의 무능으로 인해서 억울한 사람이 죄를 뒤집어썼다면서 조속한 시일 내에 소송을 통하여…….

그 말을 들으면서 도금학은 온몸에 소름이 돋았다.

'설마…….'

그들의 이름은 모른다. 하지만 자신을 태워 줬던 녀석의 얼굴은 알고 있다. 열쇠공이라는 사실을 말이다. 그런 상황에서 그가 잡혀갔다는 것은 충격적인 일이었다.

'젠장, 뭐가 잘못되었다.'

치밀하게 준비된 것이다. 그런데 한 놈은 잡혀갔고, 한 놈은 자수했으며, 다른 한 놈은 도피 중이라는 뉴스가 나오고 있다.

'그래…… 진정하자……. 진정…….'

도금학은 떨리는 가슴으로 텔레비전에서 시선을 돌렸다. 볼수록 미친 듯이 심장이 떨렸기 때문이다.

'별일 없을 거야. 저 녀석들은 나에 대해서 몰라.'

자신은 저들과 대화한 적도, 전화도 한 적도 없다. 연락도 문자로만 주고받았다. 그리고 그 당시 핸드폰은 이미 박살이 난 지 오래라 자신을 특정할 수는 없었다.

"그래, 그 녀석들은 날 모르니까 나한테 경찰이 찾아올 가능성은…….."

문득 혼잣말을 하던 그는 멈칫했다. 그동안 벌어진 일이 왜 자신에게 거슬렸는지 알아챈 것이다. 철저하게 분업화되어 상대방을 모르는 작업, 그리고 대포폰을 이용한 연락 방식. 모든 게 익숙했다.

'망할 새끼.'

도금학은 이를 빠드득 갈았다. 그럴 수밖에 없는 것이 저들은 자신에 대해서 모른다. 그래서 자신에게 올 수는 없다. 그리고 마찬가지로 진짜 범인에 대해서는 자신만이 알고 있다. 만일 자신이 입을 열지 않는다면 진범인 교사범은 잡히지 않는 것이다. 그리고 자신이 작업할 때와 똑같은 과정.

"이 개새끼가."

도금학의 눈에서 불꽃이 튀기 시작했다.

"걸렸나 보군요."

잔뜩 술을 사 들고 들어가는 도금학을 보면서 노형진은 피식 웃었다.

"어떻게 알아?"

"지금까지 저 녀석이 저렇게 술 마시는 거 보셨습니까?"

"하긴. 그렇기는 하지."

도금학은 술을 즐기는 편이 아니다. 정확하게는 과거의 버릇이 나올까 봐 술을 안 마시는 것이다. 그런데 지금 그가 사가지고 간 술은 족히 열 병 가까이 되는 양이었다.

"우리의 미끼를 물었다는 거죠."

"허허허."

사실 지금까지 그를 감시한 사람도 그 과정에 왔다 갔다 한 문자도 모두 노형진이 짜 둔 함정이었다. 도금학은 그것도 모르고 함정에 빠진 것이다.

"도금학은 과거 동료 범죄자에 배신으로 인해 인생이 시궁창에 빠진 사람입니다."

"그렇지."

"그런데 또다시 같은 일이 벌어진다면 그가 어떻게 할까요?"

"아!"

배신이라면 치를 떠는 것이 도금학이다. 당연히 그를 찾아갈 것이다.

"그때 잡으면 되겠군."

"그렇지요."

그렇게 되면 모든 문제는 깔끔하게 해결하게 되는 것이다.

"역시 자네는……."

"아마 내일이면 모든 문제가 해결될 겁니다."

저렇게 술을 정신 못 차릴 정도로 마신다는 것은 그가 큰 결심을 했다는 뜻이다.

"그가 아무리 몇 년간 조용히 살았다고 해도 과거 버릇이 어디로 가는 건 아니죠. 더군다나 얼마 전에 살인까지 했던 놈이니까요."

"그렇지."

"그러니까 우리는 내일쯤 그를 따라가서 진범을 잡기만……."

노형진이 그렇게 말하는 그때였다.

쾅!

엄청난 폭발음이 주변에 울려 퍼졌고, 그 충격은 차 안에서 잠복하고 있던 노형진과 송정한을 덮쳤다.

"으아악!"

사람들의 비명 소리. 그리고 사방으로 비산하는 조각들.

"끄으윽……."

얼마나 충격이 컸는지 차량에 유리가 깨질 정도였기 때문에 노형진은 힘겹게 차에서 기어 나와야만 했다. 그런 그에게 느껴지는 화끈한 열기.

"노 변호사, 괜찮은가!"

송정한 역시 애써 고래고래 소리를 지르면서 차에서 기어 나왔다. 엄청난 충격 때문에 제대로 소리가 들리지 않았기 때문이다.

"노 변호사!"

송정한은 애써 노형진을 부르면서 비틀거리면서 서 있는 그에게 다가왔다.

"괜찮은가? 이게 대체 무슨……?"

송정한은 그의 시선이 어디론가 향해 있다는 사실을 알고는 그쪽으로 시선을 돌렸다. 그리고 자신도 모르게 입을 쩍 벌렸다.

그곳을 바라보는 노형진의 이가 빠드득 갈리기 시작했다.

"이런 젠장……."

그의 눈에 들어온 것. 그건 다름 아닌 활활 불타는 도금학의 집이었다.

다음 권으로 이어집니다

꿈의 도약, 로크에서 하십시오
(주)로크미디어에서 신인 작가를 모십니다

즐거운 세상, 로크미디어는 꿈을 사랑하고 도전을 두려워하지 않는 작가 분들의 참신한 작품을 기다리고 있습니다. 21세기 장르 문학계를 이끌어 갈 차세대 선두 주자 (주)로크미디어에서 여러분의 나래를 활짝 펴 보시길 바랍니다.

모집 분야 판타지와 무협을 포함한 장르 문학
모집 대상 아마추어 작가, 인터넷 작가
모집 기한 수시 모집
   작품 접수 시 유의 사항
    1. 파일명은 작가명_작품명.hwp형식을 갖춰 주십시오.
    1. 파일에 들어갈 내용은 다음과 같습니다.
       − 성명(필명인 경우 실명을 밝혀 주세요), 연락처, 이메일 주소
       − 제목, 기획 의도
       − A4용지 1장 분량의 등장인물 소개
       − A4용지 2장 분량의 전체 줄거리
       − 본문
    1. 작품이 인터넷에 연재되고 있다면, 게시판명과 사이트의 구체적이고 정확한 주소를 기재해 주십시오.

선택된 작품은 정식 계약 후 출판물로 간행되어 전국 서점에 유통됩니다.
작가 분은 (주)로크미디어의 전폭적인 지원하에 전속 작가로 활동하시게 됩니다.
※ 자세한 내용은 로크미디어 홈페이지(rokmedia.com)를 참조하세요.

(03920)서울시 마포구 성암로 330 DMC첨단산업센터 3층 314호
(주)로크미디어 편집부 신간 기획 담당자 앞
전화 : 02 − 3273 − 5135
www.rokmedia.com　　이메일 : rokmedia@empas.com

오늘은 출근

이해날 현대 판타지 장편소설

『어게인 마이 라이프』『스트라이커 No. 9』의 작가
이해날이 보내는 신입 사원의 판타스틱 학원 생존기!

지방대 출신 늦깎이 취준생, 이준일
꿈속의 할머니에게 수상한 다이어리를 받다!

다이어리에 적힌 대로 하면
취업도 하고 회사에서도 승승장구
나중에는 대기업 회장까지 된다네?
그런데 뭐?
다이어리에 적힌 미래를 바꿔야 한다고?

사교육계에 지각변동을 일으킬 대형 신인 등장!
60만 청년 실업 시대, 드디어 **오늘은 출근!**

한길 판타지 장편소설

베일리의 군주

『다신 안 해』 작가, 한길의 신작!
첫 장부터 화끈한 스피드를 즐겨라!

흑마법사에게 가족을 잃고 인생을 빼앗긴 앨런
허수아비 백작으로 이용당하던 중 진실을 알게 되었으나
결국 살해된 후, 정신을 차리니…… 과거로 돌아왔다?

새로운 삶에 적응하기도 전에
눈뜨자마자 마주친 전생의 원수를 폭풍같이 처단하고,
흑마법사의 출현을 보고하러 간 왕궁에서
국왕마저 쥐락펴락하는 놈들의 간계에 분노하는데……

사이다처럼 시원하게! 폭포처럼 통쾌하게!
흑마법사의 말살을 위한 사냥을 시작한다!